春树　乳牙

北京出版集团公司
北京十月文艺出版社

目录

第一章

“这个妹妹我见过的。”

——《红楼梦》

中国，北京

“你好，你在微博提到了我的名字，我认为这是我们之间的缘份。你回北京了，有时间出来，我请你喝一杯。”

我在微博上看到一条留言。我扫了一眼我写的微博，发现真的有一个字和这个留言者的名字一样。当然这是个偶然，并不是有意为之。出于好奇，我给ta回了一个字：“哦。”

刚回完，网页下面立刻出现了一条提示“您有一条未关注人私信”。我点击信息打开，果然是这个叫“宁”的人。

“你答应我了，那就哪天开心地喝一杯吧！”

“行，下个礼拜吧？我提前告诉你。你是男的女的？”

虽然我直觉他是男的，也还是问了一句。虽然我此时就有时间，但觉得还是过几天再见面得好。为什么呢？我也不知道。总觉得自己不是迫不及待立马见面的年龄了。在哪儿喝呢？我立刻想到了鼓楼。那里有几家酒吧，都是我所熟悉的。

“我不喜欢含糊不清的。”我又打了一句。我的意思是说，我平时基本不会见陌生人。

“相信我，一点也不会含糊。”

看到这句话，我笑了起来。这个人跟我很像啊，这么莫名其妙的话都接得下去。

“我觉得你可以随时呼叫我。”那边又发来一句。

“我觉得也是。”

“所以你就随时呼叫我。”

“随时呼叫”，我想起了那段叫天天不应，叫地地不灵的日子。

我走去浴室洗澡，脱下衣服，那条腹部下方的伤痕依然在我身上，我习惯性地摸了摸它，硬硬的。它就是一道伤疤，即使我每天都用除疤霜涂它，它依然还在我身上。这是半年前我做剖腹产手术时留下来的。

我想给它拍张照片，拍我的裸体照。搞不好它会一直留在我身上的。或者如除疤霜的使用说明所言，它会慢慢淡化，变成细细的一条，直到肉眼看不清楚为止。

“经过了最难熬的时候，你会觉得一切事情都不过如此。”

回国前几天，我就开始焦虑，既期待又焦虑。我害怕。具体害怕什么，我也说不上来，只是隐约感到恐惧。移民加拿大的哥们儿Wave说，他每次回北京之前也会焦虑好几天。想到这句话，我略微好了一点。

一上飞机，我的心就定了。四周坐满黄面孔的国人，像已提前回到了中国。飞机上，宝宝睡着了，小手还放在我的手里。我用一只手给他盖上一条毯子，过了一会儿，也给自己盖了条，想了想，又把我的毯子也盖到他身上，给他仔细掖了掖，不知怎的，就产生了一种俺们娘儿俩相依为命的感觉。

飞机从柏林的泰格尔机场，跨越欧亚大陆，直飞到北京。出海关的时候我甚至有点紧张，这种紧张会不会也属于回国前的焦虑？我举起宝宝给海关人员看，抱着他走几步歇两下，终于来到行李提取处。我拿了辆手推车，把我的包放进车里，胳膊一下子轻松了不少。终于把旅行箱和婴儿座椅都放上去，我一手抱着宝宝，一手推着手推车，慢慢地往出关口挪。出关口需要安检行李，轮到我时，一个工作人员看着我说，“那个抱小孩儿的，过吧！”我向他道谢，走了出去。等待接机的人排得满满的，我一下子看见我弟，他见我过来，快步走过来，先替我推过了车，才过去抱宝宝。

我随他走出机场，炽热的阳光晒在我们身上，一上车我弟就递给我一个塑料盒，里面装着几个包子。“咱妈刚做的。”宝宝坐在后排安全座椅上，我掰了一小半儿包子，递给宝宝。宝宝伸出小手接过包子，笑起来，往嘴里塞。

第二天，就赶上了北京严重的雾霾。看着窗外昏黄色的天，我想起当初离开北京的原因之一，就是因为这雾霾。当然不仅仅是因为雾霾，还有很多更沉重更黑暗的东西，让当初的我迫不及待地离开。就像想到黑暗一样，我强迫自己停止想下去。

这次我回北京，特别想联系一个人。她叫李灵，平时我管她叫“宁”，与那个微博留言的人同名。我已经跟她有几个月没有通过电话了。微信短信她都不回。这回换回中国移动的号，我一下子畅快了，可以随时给她打电话了。我给李灵发了几条短信。没有回复。我打电话过去，没有打通。

站在闷热的阳台上，我失魂落魄，感到深深的失落。

她在我的生命里彻底地消失了。在得了一场大病后，她注销了微博和豆瓣，更别提之前的社交网络了。另一个我们共同的好友告诉我，李灵注册了个新微博，她上去看过，还写到了上班的事。上班？这也太不可思议了。我没法想象她能上班。但无论如何，那确实是她的文风。我看了一会儿就关了。

之后该怎么生活？我感到无限迷茫。我孤独地跋涉在人世间，没人帮我，没人理解，我那么多天南海北的朋友都没有用，全都被我隔绝在大气层之外。

夜风清凉。出门漫步。隔壁院里的梧桐花好香。地上落满了梧桐花。我立在墙边，忍不住闭上双眼，贪婪地闻着梧桐花的香味。

我出门左拐，天色已经暗了下来，街上还有不少的老头儿老太太在散步，有些放学了的孩子穿着校服打打闹闹穿过街头。前面有个女孩在遛狗，穿牛仔裤、阿迪达斯球鞋和一件紫红色的防雨衣。短头发。她在我前面走着，我们的步伐几乎一样快，当她的狗在树坑那里停下来时，我超过了她。我没有回头看她，她像世界上另一个我，我不敢看她的长相，不敢失望。或者万一我没有失望呢？那我会不会更失落？我继续往前走，这时我完全没有了散步的浪漫感，只是机械地向前走着。以前李灵也养过一条狗，李灵也是短发，李灵也喜欢穿牛仔裤。或者，这是世界上另一个李灵。

我拿出手机，又打了一遍李灵的手机号，“嘟嘟”的声音响起来，一直持续了十几声，还是没有人接。

我记得以前她曾经对我说，我是她唯一的朋友。

刚回来那几天，半夜总被噩梦惊醒。有几次我捂着胸口从床上坐起来，惊魂未定，痛苦不已。

那天晚上，我照例刷了刷朋友圈，正好看到微信里的一个人说他正打算听一张唱片。我留言说“我也想听”。片刻后，对方发来了一个网络链接，正是那张唱片的现场音乐。他是朋友的朋友，我们加了对方已经快三个月了，还从来没有说过话。

我听了一会儿，音乐很好听，让我一下子进入了它所引领我进入的世界。我干脆关掉了灯，戴上耳机，躺到了地上。这让我一下子像回到了结婚前漫长的少女期，很多时候都是与音乐有关，与夜晚有关。听完这张唱片，我心满意足地睡去，第二天醒来时才发现，最近头一次睡得这么踏实。我的内心充满了感激，一个陌生人，却带给我这样的快乐，真的太难得了。我看了一下他的名字，“孟醒”。想起昨夜听的音乐，还觉得回味无穷。又觉得这个人平时也不说话，但很有音乐品位，如果有机会跟他聊天应该挺有意思的。我想象中的一个情景是我们拉着手，躺在地上听音乐，应该还点着蜡烛。这个想象里没有谈恋爱或者性的部分，而是青春期才有的乐子。

我与孟醒经常有一搭没一搭地聊天。很奇怪，刚开始聊天我就发现我们有话可说，似乎很多话题都能顺畅地接下去。我们大部分都是在晚上聊天，在他下班回家后。他说他是东北人，还有着小镇生活留下来的爱好之一：打台球。记得几年前，我坐公共汽车去北京郊区找一些玩乐队的朋友，路过荒凉的街，路边的台球案子那里总是聚集着几个留着非主流发型的青少年。而那迷人的绿色也是让我记忆犹新的亮点。

我就想象着一个少年，在东北小镇上打台球的样子。脸上还胖乎乎的，还是一张婴儿肥似的嘟嘟脸。

第一次见面已经是半个月以后了。那天我和一个摄影师女孩在北锣鼓巷的日料馆一起吃晚饭，后来我们就去了旁边许丽推荐的一家酒吧。我点了一杯鸡尾酒，她点了杯饮料。还没喝完，许丽也来了，还带着三个人，一个个子高挑打扮得光鲜亮丽的女孩，两个穿衬衫的商务男。

其中一个商务男明显对我有兴趣，非让我教他写作。我说写作没法教，再说我自己还发愁不会写呢。

“她说话就这么直接，你们不要介意。”许丽笑嘻嘻地对他们说。

“没事没事，我喜欢。”那个瘦一点儿的商务男说。

这种聊天聊胜于无，反正我在柏林也够无聊的。北京的无聊是看着内容丰富实际上什么话都没有说，但起码有人陪着你。

一下子就到半夜了，我正准备叫辆车回家。也真巧，刚下单，我就看到孟醒给我发了条微信：你还在吗？要不然我来找你？

我立马取消了订单。半个月了，还没见过他的庐山真面目，这让我特别好奇。“赶紧来。”我说。

他来了，跟照片上一样，高大健康有点孩子气。我给了他一个拥抱，不知道是因为激动还是有点紧张，我们的脑袋“啪”一下撞到了一起。“哎呀，我的相机。”尴尬之下，孟醒冒出了这么一句。“我去跟屋里的朋友打个招呼。”我跟他说。也不知道他听明白没有，反正他就一直坐在院里，根本没有进屋的意思，尽管外面有点凉。我和许丽说话的时候，从玻璃窗看到他坐在外面的椅子上玩着手机，神情有点落寞，整个人笼罩在一小片光亮里，似乎他周围的人都不存在。

“你喝什么？”我走出来，问他。

“干姜水吧。”他说他不喝酒。

“为什么？”

“我有点酒精过敏。”

“那好吧。”

我们随意聊着天，许丽和她的朋友待了一会儿就走了。我们继续待了一会儿，也打算离开了。我突然感觉有些饿。“我们去一家小店吧，我想吃抄手。”话音刚落，我就想起了缪缪。这是以前我们常来的地方。我总是想起过去的朋友，她们与我的生活密不可分，即使她们不在我身边，我也能想起过去的点点滴滴。

路过曾经的MAO Livehouse，我又想起了她和另外几个朋友，这是我们以前经常看演出的地方，现在那里已经搬空了。因为房租上涨，租不起了。

“给我拍张照片吧。”我说。

孟醒给我拍了几张照片。

“要不然咱们还是去另外一家店吧，那里环境好一点。”想起来我跟孟醒也不太熟，那家抄手店比较简陋，我们似乎还没亲密到一起埋头在灯光下吃抄手的程度。

“行啊。”他倒是很随和，没说什么别的意见，“听你的。”

深夜的咖啡馆只剩下几个人，我们坐在一张大桌子上，这也是我以前常来的地方，尤其是住在这边的时候，这里简直就像我家的客厅一样。

我点了份意大利面，孟醒点了一份早餐。这简直搞笑。半夜吃早餐。面一上我就意识到点多了，根本吃不完。孟醒的早餐倒看起来丰盛而诱人。我让他给我分了点儿。

我洗澡的时候用的是家里的大瓶家庭装洗发水和沐浴露，“汉方”产品，黑芝麻和莲花精华。洗澡水冲刷着我的身体，我知道我尚未恢复曾经拥有的苗条的少女般的身材，皮肤也远不如怀孕前富有弹性。腹部的这道伤疤，一直提醒我那些经历过的事情。我爱它，我怎么能不爱呢？若没有它，我能不能活过来都难说呢。可是别人会和我一样爱它吗？

我用浴巾擦干头发上的水分，又把身体裹起来，一下子走进北京的燥热里。

走进自己的房间，我擦干头发，又开始抹眼霜、面霜和防晒霜，随后才开始给全身擦上紧肤霜，最后一步，是在下腹部那条伤痕上抹除疤霜。然后我盯着衣柜的全身镜开始仔细打量自己的身体，越看越沮丧。什么时候才能恢复原来的身材？

刚参加过一个诗会，久别重逢，大家都说我跟生之前没什么区别。只有我知道，我胖了不少，还没有减完肥，以前的很多衣服都穿不上了。似乎是得等我彻底恢复之前的身材，我才会觉得事情告一段落，我又是正常的我了。

吴宁按约定的时间来到我家楼下，背着个小双肩包。今天有点雾霾，天色发黄，再加上热，感觉空气里热气腾腾，这不是一个见面的好天气，要不是见一位好友，这样的天气最好待在家里。我想了想，开口说附近有家咖啡馆，不远，你若不介意咱们走着过去。他说好。我们就向咖啡馆的方向走去。

他比我还要矮一些，头发有点自然卷，走路像个小孩在跳舞。我带他走街心花园的小径，右侧的楼后面，是我曾经住过的院子。我边走边想着，改天要去看看喂猫阿姨，她见着我不定有多高兴呢。

吴宁从书包里掏出两本他刚出的诗集，我翻了翻，放在桌上。他又问起我的写作计划，问我在德国怎么样。我大致讲了讲，瞥到书架。这里的书架上有很多我送的书，出国前我整理了一批书送给他们，这里是我家附近的唯一一家咖啡馆，我要对它好一点儿。

他说他的书太多了，家里都搁不下，好多都放在了床底下，想找都找不到，经常买重书。

我们又到门口抽烟。他把他的啤酒拿了出来，我也把我的咖啡端了出来。就这么跑了好几趟。

“我有一个好朋友，他原来也住在这儿附近。后来他去了加拿大。有一次他回国约我见面，我把他带到这里。那天也是雾霾，比今天还严重，下午就跟晚上一样，黑乎乎的。我们也是坐在外面抽烟，我喝咖啡，他喝啤酒。我以为他要抱怨天气，但你猜他说什么？他说，北京还是有无法被取代的地方，北京还是有北京的好。后来他说他是坐公共汽车来的，他说想看看北京的人。”

我一直没有约“宁”，因为我和孟醒开始经常见面，一有时间就约出来。大部分时候都是和我的朋友们一起玩，然后再各自回家。像两个玩伴一样。我们单独在一起的时候，往往都是在吃饭。我们经常约着一起去不同的餐厅吃饭，每次我都高兴得飘飘然。一是因为饭好吃，二是身边有人陪着，而且这个人能说和我一样的语言，能聊音乐，并且不太俗。

我们都很享受和对方在一起的时间。但我们的时间并不多，孟醒要上班，我得在家里陪孩子。平时都是我妈看着孩子，她简直高兴坏了，每天都乐不拢嘴。

“什么时候回老家？给你姥姥烧点纸。”有天晚上，我回来后，我妈把我叫到她的房间，问我。

“过几天吧。”我随口答道。接下来愣住了，以为听错了。

“啊。你姥姥走了。”

“走了……走了？”我这才反应过来，“我姥姥去世了？”

我妈没说话。

我一下子急了，“什么时候的事，怎么不告诉我？”

“我也是后来知道的。那时候你快生了，就一直没说。”

“那后来怎么不告诉我？”

“唉，告诉你也没用，怕你着急。这不是回来了吗？去看看你姥姥。”

“嗯嗯嗯。”我生硬地支应着。

“那时候她们也没告诉我，后来不知道是谁给我发了条‘节哀’，我才知道。”

“我回屋了。”我说。

姥姥居然去世了？而且在我快生孩子之前？姥姥姥爷都算得上是长寿，除了听力不太好，没有什么大的病。曾经一度我认为一切都会这样延续下去，在他们的身上，我忘记了生老病死。我一下子很后悔，后悔去年从柏林回北京我没有专门回趟老家，后悔上回回老家没和姥姥多说说话。还记得她用粗糙的手拉着我，问要不要给我几个钱，问我缺不缺钱花。我要给姥姥钱，姥姥根本不要，说什么都有，用不着。我妈经常跟我说姥姥对她太好了，每次她回老家，我姥姥都问她有没有什么脏了的衣服，要给她洗衣服。“你姥姥都八十多了，还要给我洗衣服！在她眼里，我们永远是孩子。我对你们这么好，也是跟你姥姥姥爷学的。”

“别怪你妈，她是为你好。”许丽给我回微信。

“我知道，我就是郁闷。”我闷闷不乐地回答她，特别想喝一杯酒。我决定走到厨房看看，冰箱里还有小半瓶老家的自酿葡萄酒。特甜的那种，不过也是酒啊。我给自己倒了一杯。

“你也该长大了，成熟一点，家长都不容易的。”许丽接着说道。

我还没回她，她下一条接着来了，“你别老这么小孩子脾气，他们都是为了你好。”

我躺在床上发愣。想到姥姥的样子，还有她的笑模样儿，觉得她还在人间。但这又怎么可能呢？姥姥已经去世半年了。我居然现在才知道。

人死之后会去哪呢？这几年，我经历了如此之多的死亡，多过了前几十年的总和。先是父亲，再是奶奶，然后是姥姥。还有克罗娜和Nunu。我不敢想下去了……

我妈就算了，我们作为两代人，本身对生活的态度就不同。阿伦也不告诉我，作为夫妻，两个人应该互相信任，当“关键时刻”过去，他应该第一时间告诉我，但他没有。我恨不得立马爬起来给阿伦发个短信质问他，又觉得没有意义，更没有意思。两个本应该是最亲密的人，对生活却抱着完全不同的态度，我突然感觉有点恐慌。我不喜欢这样的隐瞒，有种与真实隔绝的疏离感，同时也有种不被信任感。我不希望被剥夺真实感受的权利，哪怕是痛苦，我也希望能亲自体验，而非被“保护”起来，与真实相隔离。

如果为了“保护”你而不将事实告诉你，那么结果是非常危险的。人之所以称之为人，就是你有选择行动的能力，前提是要有知情权。活着之所以称之为活着，就是你需要亲自活。而且，即使我当时知道姥姥去世的消息，我也不会比现在更痛苦，毕竟姥姥已经八十四岁了，在睡梦中去世也是一种福分。唉，但是姥姥还没有见过馅饼，这真是种遗憾。

想起许丽说的“他们也是为你好，你别再像个小孩了”，又一股憋气，冲动之下，我跳下床，把许丽给拉黑了。

姥姥死了。无论如何，死亡作为一个消息，是毫无疑问无可更改的。而若你在很久很久以后才得知这个消息，你会不会不知如何定义你被蒙在鼓里的那段时间？死亡作为一个事实，它同时也代表着时间。这正是此事的绝对之处，死亡其实指的是在某个时间点之后生命的消失。

心乱如麻的一个晚上。

那个晚上我又做了噩梦。被惊醒后很久，我才慢慢意识到我身在何处。一丝光线透过没有拉严实的窗帘透进屋里，是对面楼上的探照灯。我扯了把帘子，接着睡去。

醒来已经是下午，听着客厅里传来电视的声音，我一下子放松下来。已经有太长时间没有听到电视里的声音了，光听到这样的声音就觉得很放松。我发现我是想听到“汉语”的声音，其实我并没有听进去，它就像流水一样在我耳膜中流动，哪怕断断续续地听着，也觉得很舒服。睡了一觉后，我在心里已经原谅了他们。你只能按你自己的信仰去活，却没有办法要求别人与你有同样的价值观和生活理念。哎呀，趁许丽没发现我给她拉黑，赶紧给她解除“黑名单”吧。

不知许丽有没有发现当晚我情绪的波动，她没什么反应，我也没再给她发信息。

我得写一篇专栏，已经拖了好几天了，吴宁已经催过我一次了。他当初向我约稿时我毫不犹豫地答应了——我缺钱，更缺一个途径表达心声。关于主题，干脆我就写我在德国的生活吧！第一篇专栏我写了十几天。以前几个小时就能写完的东西，现在得花上好久。不仅是没时间，我的大脑还经常一片空白，难以集中精力。每一段话我都要写上几个小时，每个词我都要斟酌半天，我发现我很难准确地表达出我的真实感受。第一篇稿子写完后我毫无自信，我的自信完全没有了，这样的专栏以前我根本不屑于写，这根本不是文学。可我现在就连写专栏的能力都快丧失了。吴宁收到稿件，给我回邮件，建议我把其中几段对调一下。我战战兢兢地又重写了几段。这次他满意了，说写得还不错。我这才如释重负，放下心来。

我打开了文档，满腔的话又不知从何写起。我既不想把真正的感受写进专栏里，又不想写违心的话。发了一会儿呆，我决定出门游个泳。游泳池已经涨到九十八块钱一次了，我从自动取款机里取了三百块钱。游泳的时候感觉最好，这时候可以很放松，有时候会神游外空，有时候会想到一些特别美好的事儿。也就是这短短的几十分钟里，无忧无虑，什么都不用想。

出了游泳池，我借着这股劲儿，打算去逛逛附近的商场。这是家中等档次的商场，没什么大牌，只有几家连锁店，比如优衣库和无印良品。我不急不忙地逛了逛这两家店，顺手买了几支圆珠笔和一袋饼干。

我路过水果店，又进去买了斤梨。我贪婪地看着路上的行人、路边的指示牌、设计艳俗而常见的店面、服务员……以前我忽略和忽视的，恰恰是现在我倍感珍惜的。回到北京，就是回到一个安全而熟悉的地方，我的整个身体都放松下来，每个毛孔都怡然自得。如果时间能停住就好了，就停在现在，就停在此时，再也别往前走了，再也别有“以后”了。

我步行走在回家的路上，杨树被风吹得哗哗响，槐树叶温柔地在风中摇晃，路灯昏黄的光透过浓密的树叶洒下来，我看着马路对面的军营，想起我从小到大的生活。这个院子我小学时还进去过，那时候我们流行养蚕，有一个下着大雨的晚上，同学家没有桑叶了，就打电话给我，我们就央求小战士让我们进去摘桑叶，那院里有几棵巨大的桑树。

看着这熟悉的街道，昏黄的路灯，我心中充满了少年心绪，这些敏感的、多情的、美好的情感一直隐藏在我心中，并未随着年龄增长而消失。我只是想着这一切，没有张开手臂，也没有呼喊。

孟醒约我在鼓楼吃饭，他问我有没有来过这一家，我说很早以前来过，现在不知道变成什么样了。

在复兴门地铁换二号线时我发现，小明星、网红和跨界文化人的大照片出现在地铁电商广告上，还有两个是我认识的人。他们现在都混得这么好，起码有钱了。

出了地安门地铁站，路边的墙上贴满新一轮的标语，我读了几句，发现它们的共同点在于押韵。

“姑娘，小心梯子！”一进公厕，保洁阿姨就提醒了我一句。

“打扫卫生呢？”我搭讪道。

“是啊，这不是架梯子了吗？你从旁边过小心点儿，我就怕磕着人。”

“哦，没事儿，我看着呢。”

出了厕所，我又跟阿姨说了句“再见”，这才想到，这种轻松随意的对话跟柏林从来没有过。

跟孟醒在一起，我很快就恢复了一种“文艺青年”的状态，看什么都饶有兴味，跟周围环境既融洽又游离在外。吃着饭，我说我要躺一会儿。他说你躺吧。我就躺在沙发上。他去书架取了本画册。我躺了一会儿，也去拿了本书。

“北京这两年发展得太快了，出门都不用带钱了。你不知道柏林有许多店只能付现金，根本不能刷卡，而且ATM也不像国内这样联网，如果你不在自己银行的ATM机取款，手续费就很高。”我跟许丽抱怨道。

“现在北京也很贵的。”她不紧不慢地说。

“那也没有柏林贵啊，柏林的菜特别贵，还不好吃。”

“现在北京要想吃好一点，人均都二百了。”

“我来北京了，晚上出来玩吗？”葡萄给我发来短信。

“好啊。”他常来北京，都是出差。每次只要我在，我都会出来跟他见面。

“那我约着橘子一起。他说想吃烤串。”我们三个聚上的时候已经是十点了。雕刻时光还营业。我点了瓶红酒。

“哎，我送你一支笔。”我从包里拿出两支笔，“一支给你的，一支给橘子。”

“这是什么特殊纪念吗？”葡萄接过笔，拿在手里转着。

“没，我就是买多了。”

“哈哈，你太逗了。我还以为你送我笔是让我写日记呢。”

“我饿了。”橘子说。

“那一会儿去吃。楼下就有。”

“我想吃烤串。”

“那东西不卫生。”

“可我就想吃。”

“——吃！”

我跟他们说，最近我认识了一个新朋友，总是一起玩。

“叫他来啊。”他们异口同声。

“可现在这点儿，”我犹豫一下，“叫来合适吗？”

“叫吧，”葡萄鼓动我，“正好看看他的诚意。”

“可那样就显得我太没诚意了。”

“兴许他正等着你叫呢。”橘子说。

“那好吧。”我给孟醒发了个短信，问他来不来，这边有两个朋友。

“好啊，我过来。”

他来的时候我已经把账结完了，我们三个人正在喝那瓶红酒。

我们在楼下的大排档吃烤串，孟醒几乎没怎么碰，按我这几天对他的了解，他对这种味道浓烈的街头小吃没什么兴趣。橘子倒是吃得兴高采烈。

我有点醉意，和孟醒说话的时候不小心把唾沫溅到了他脸上。他稍微愣了一下，但没有伸手去擦，就像什么都没有发生一样。我也愣了一下，心下尴尬万分，也只好假装一切都没有发生。

吃完饭，大家意犹未尽，都说要去散散步。我说带他们去附近的河边走走。我们一路说话，一路走到了河边。我和葡萄一直在说些旧人旧事，包括我们共同认识的上海朋友，还有我曾经的那些短暂情人以及兔子。那天晚上天气晴朗，天上还飘着白云，是个完美的散步之夜。

上一次与葡萄半夜散步，是很多年前在上海，我们坐在复兴公园里谈天说地，无忧无虑。

凌晨一点半，我们才散，各自叫了辆出租车。在出租车上，我给孟醒发了条微信，“今天晚上真高兴。”

“你喜欢我吗？”我又问。

“喜欢啊。”

“是像朋友一样喜欢吗？”我又问。

“反正跟你在一起很快乐，我也不知道该怎么定义，就是很高兴在一起玩。”

“那就一起玩！”我笑着回道。

那天我们看过一场话剧后，两个人沿着三里屯走了好久，最后打车去了安定门。到了安定门，我们又沿着河边走了很久。谁都没说要先回家，孟醒提议说去附近一家酒吧，说那里很安静。

我曾经在三里屯工体西路这里住过一段时间，那时候我觉得我就是霓虹灯下的哨兵，心如钢铁，不为所动。那是2008年，汶川地震那年，奥运会的那一年。那年夏天经常大雨滂沱，我常坐在窗口听雨。2008年对我、对很多人而言应该是转折的一年。我们80后都曾经是少年，面对这个世界单纯得一塌糊涂，直到被现实教训，才明白这个世界的残酷性。

走在夜晚的北京，处处是回忆，处处是过去。人又怎么能活在回忆中？我就像个历尽沧桑的中年人，看着熟悉又陌生的街道，既兴奋又无力。我扫了一眼身边的孟醒，他年轻而好看的侧脸在灯光下忽明忽暗，孟醒愿意了解我吗？我要和他倾诉我所有的经历吗？

他说的那家酒吧隐藏在鼓楼东大街街边的一个四合院里。那天晚上有月亮。我点了一杯单一麦芽威士忌，跟他说我在欧洲大部分时候都在喝葡萄酒，很少喝威士忌。

我舒服地盘起腿，点了一支烟。幸好我们坐在院里，可以抽烟。旁边有一桌男女也正在嬉笑打闹，角落里有一对正在谈恋爱。看着月亮从平房上浮起来，我又想到了移民到加拿大的Wave，那个北京部队大院儿的男孩。想到他与我见面坐公共汽车穿霾而来，想到他喝了一杯啤酒后望着虚空若有所思地说，其实北京还是无法被替代的，北京有北京的好。

我向他伸出一只手，他愣了一下。我说，我想拉拉你的手。他把手放进我的手里，说，看你的姿势，我还以为你要管我要一个什么东西呢。

我不管你要什么东西。我说。我想拉拉你的手。孟醒就让我拉着手。很快，我的手心就沁出了汗。不知道是因为紧张还是因为天气太热，抑或是因为产后身体还未恢复好。我很容易就感到疲惫，尤其是在天气越来越热的北京。转眼已经是六月了。

只握了一分钟，我就松了手。

我又要了一杯威士忌。

出了酒吧，我们往鼓楼的方向走。都想再多待一会，尽管又已经是后半夜了。鼓楼东大街的路灯也没有那么亮了，路边的店铺大部分都已经关门，只有几家营业到后半夜的店还开着。本来那天晚我想早些回家，但与此同时，我又抗拒回家。回家，就意味着回归日常生活。 而不回家，和孟醒在一起，就是曾经的那个我。那个我更熟悉的我。

“一会儿到鼓楼，我可以再拉着你的手吗？”我鼓足勇气说出这句话。他会怎么想我呢？

“现在就可以。”孟醒拉起我的手。

我们就这么拉着手，慢慢地向鼓楼走去。我感觉到我的心跳很剧烈，像个没怎么谈过恋爱的小女生。我甚至想依偎在他怀里。钟鼓楼广场，没有人，到处都是摄像头。即使这样，我依然觉得很浪漫。我们拉着手，完全不知道什么时候，已经开始依偎在了一起。“嗯，你很香。”孟醒闻着我的头发。我吻上了他的唇，很软。夜晚的鼓楼耸立在我们的身后。那时我忘了一切。我不想放开他的嘴唇。感觉就像以前没有吻过人一样。也像是终于接到了吻。像是吻到了爱情一样。之前很多年，我忘了爱情的滋味。我遇到过理解、欣赏、崇拜、关怀，但这些都不是爱情。眼前的这个人，这个人是爱情吗？哎呀，以后该怎么办啊？刚想到这儿，我就强迫自己打住。拥有这样一个夜晚，还不满足吗？别想今后、明天、未来之类的了。

无与伦比。我想起这四个字。

我们站在路边打车，开过十几辆空车，我们都没舍得分开。最后，我终于坐上了一辆车，在路上，我收到他的短信：“我该送你回家的。”

“上帝说，要有光，于是就有了光。”

光一亮，这间屋里灰尘看得清清楚楚，同时，我也看到了所有被忽略了的美好。

我躺在地上，戴着耳机，听着音乐，闭着双眼，用我的感官尽力感受着，我知道它殊为难得，像天启。所以我爱上了这个给了我机会，让我重新体会到这种感觉的人。

其实是你自己给自己机会。

十三岁半那年，我喜欢上了同校高中部的一个男生。他也住我们院儿，高大、喜欢踢足球，比我大三岁。我上初二，他上高二。那时候这就算是很不可思议的恋情了。大多数情况都是喜欢同龄人，哪怕是外校的。喜欢一个比自己大三岁的男孩，大家都觉得有点不可思议呢。我那时候喜欢的就都是才子，或者是体育健将。我喜欢浑身充满能量又随和的人。有很多坏孩子喜欢我，可是我对他们没有什么非分之想。现在想起来，我真是天生的圣母。

后来那个男孩把我甩了，我郁郁寡欢了很长一段时间。再后来，他搬到了附近另外一个军队大院，更大、设施更好的一个，门口有警卫，进门需要登记。说来也怪，只离着十分钟路程的距离，我再也没有碰到过他。

后来我也喜欢过许多男生，有些我记不清了，有些固执地留在我的记忆里。那些如同噩梦般的失恋经历，让我发誓以后尽量避免再出现这种情况。我慢慢训练自己，反应迟钝一些、感受力弱一些，不要冲动，不要偏激，与此同时，怦然心动的瞬间也减少了。我不再睹月思人，不再见花流泪。

要活下去，就要学会麻木自己。可要想真正地活着，就必须重新恢复那种对生命的感受力，哪怕它再让你痛不欲生，你都得相信自己，相信本能。经过这么多年，你应该已经学会了自控，起码你不会再任由情绪泛滥从而进入自我毁灭。

第二天下午，我觉得浑身不舒服。全身发痒，不知道是不是酒精过敏还是昨晚喝到了假酒。痒没有停，反而愈演愈烈，直到半夜我受不了了，经孟醒指点，下载了一个上门送药的APP，买了一盒抗过敏药。送药的小青年把药送到了楼下，又骑着电动车走了。拆开一看，还送了一个铁皮小青蛙。我用水把药吞下，很快痒就停止了。

我在楼下路边看到一朵小小的紫色牵牛花，我被它吸引住了。牵牛花，又名喇叭花，一种普通的，甚至过于普通的花，它随处可见，不珍贵也不稀有。在北方农村，它简直就像野草一样常见。粉色的、白色的、紫色的，爬满墙，或攀附在别的什么植物上面。而这个早晨，当我目睹一朵牵牛花心有触动时，我发现我的原始天性依然存在，它在风中微微颤动，简直就像被我忽视了的心。

我的所有感官完全打开，情感变得细腻，乃至都到了容易受伤的程度。事物都呈现出它们本来的面目，像一片叶子上的脉络般清晰、纤毫毕现。我这才意识到这么多年，我一直都在克制压抑着自己的敏感和情绪化的一面，一直在试图让自己的感受力变得粗糙。因为我意识到少年时期的那种面对和处理问题的方式无法持续下去，那时候的我太容易崩溃、太追求完美主义。强大的感受力是我与生俱来的能力，让我快乐，也让我痛苦。我的情绪犹如大海的潮汐，汹涌澎湃，席卷一切，甚至包括自己。

“什么时候回老家？”吃饭时，我妈催道。

“就这两天吧。”我说。

一直说要回趟老家，让姥爷和各个姨看看孩子。眼看着就要月中了，天也越来越热了，真得回去了，再不回去也说不过去了。

我们决定坐高铁回。“什么都不用操心，你妹和你小姨说要开车上潍坊去接咱们，我说别折腾了，她们也忙，来一个人就行，估计是你妹来。”

走之前，我跟孟醒约着去吃一顿早午餐。听说东边有一家有机餐厅的早午餐不错，我早就想试试了，一直都懒得去，如果不是他，我才不去呢，离得太远了，都快要机场了。

大早晨的我就起来了，天简直太热了，早晨我就被热醒了。我到的时候，孟醒早到了，正站在餐厅门口等我呢。我笑着快步走过去，旁边桌上的两个女孩看了我一眼，我从她们那不带什么善意的眼神里猜测她们是韩国人。天真的太热了，但我想抽烟，所以还是坐在了外面。

我们各自点了餐，我又点了一杯鲜榨果汁和一杯咖啡。

和他在一起吃饭，我每次都会尽情地点自己想吃的东西，哪怕吃不完。也有可能是在国外待久了，苦着了，看到什么好吃的都想尝一尝。

上菜前，孟醒从书包里掏出一本画册，说这是送给你的礼物。我一看，正是我最近很喜欢的一位摄影师的作品。

趁我不注意，他又给我拍了几张照片。我真怕看到那些照片，镜头离得这么近，我的一切表情一切瑕疵一切内心都会暴露无遗吧？

“中国的饮食就是丰富啊。”上菜了，我拿起刀叉，感慨道。

“多吃。”他简单扼要地说。

我“扑哧”一下笑了，“你真逗。”

“啊？不逗啊？”

“我觉得逗。”

抽烟时，我走到另一侧无人的座椅区，不想打扰到别人。阳光洒在我身上和脸上，空气略有点发闷，其实这几天天气都不错，没什么霾，能见度很高。

吃完饭，我说要去趟附近的外国超市买两罐奶粉。在闷热的街上我一直忍不住流汗。终于找到了那家超市，狭小拥挤的超市里人还不少，走上楼梯，我才发现奶粉在这里，只剩下了三罐，价格比柏林要贵出一半。我拿了两罐。刷卡时我一度担心刷不出钱，幸好钱还够。刚付了奶粉钱，手机就振动了一下，提醒我卡里还有158块钱的余额。

买完奶粉，孟醒说想去喝一杯，有家他朋友开的酒吧在附近，但是他没去过。我们过马路的时候看见一家酒吧，正好就是他想去的那家。一进门他就看见一个他的朋友正坐在那里，两人聊起来。这时候有个人喊了我的名字。一看，居然是好几年没联系的一个朋友。上次见她还是和李灵在一起。我们不可避免地聊起了李灵。她说也跟她好久没见了，李灵把她也删了。我说我很想她。她说她也是。然后我们沉默下来。

从酒吧出来，我们又去了家茶行，依我妈的嘱咐，我给二姨父、三姨父、四姨父和小姨父买了点茶叶。

中国 山东

坐高铁时，济南郊外，一片片连接不断的丑陋的高楼挡住了我们的视线，简直像一座座墓碑。这都是些新修的楼，大部分还在修建中。灰色的楼、灰色的天空，让人压抑不已。

我妹开着车，在车站接我们。她穿了件牛仔背带裤，看起来青春活泼，她欣喜地抱过馅饼，逗着他。馅饼一点也不怕生。我妈和我坐在后排。

我们先到了二姨家。我妈和我二姨说着话，我想和我妹聊聊天，就说咱们出去走走吧。我们一人拿了一只苹果，一起走出去。天上飘着朵朵白云，天色蔚蓝明亮，看到大朵的月季花。到处都有。

我们随地坐在路边，看下面路上有几个穿校服的孩子骑自行车而过。我看得有点发呆，多么轻松愉快的场景，倒退十几年，在这里骑自行车的就是我。

我抽了根烟，问她要不要。她说不要，说现在不抽了，呛得嗓子疼。

一家人都聚在舅舅家，亲戚们放下活计，全来了。他们见到馅饼都很欢喜，抢着抱他，还说怎么起名叫“馅饼”啊，不好听。我就只是笑，馅饼也不怕生，大家都乐得要命。

我发现老家有点像欧美的小镇。这几年每家每户都买了车，小城的公交系统不发达，真的需要开车去上班，开车去上坡（去田里），或是去做些别的什么。这里既没有咖啡馆也没有太多茶馆。这里不喝咖啡也不怎么喝茶。二姨父和三姨父爱喝茶，我把在北京的连锁店里买的今年的新茶送给他们，他们都很高兴。

上厕所时，我起身的时候手机不小心从裙子兜里掉了下来，砸在了大理石的地面上，屏幕碎得一塌糊涂。

晚上，我妈带馅饼睡在舅舅家，我说要睡我妹家。我妹家的条件好点儿，洗澡也方便。

那个晚上我睡得特别踏实，直到我妹早晨敲门。我抬头一看时钟，七点半。今天我们要一起去摘樱桃。洗脸刷牙时听到窗外小鸟啾唧，心里既踏实又喜悦，就像小时候一样。我有多久没有这么开心了？上一次这么开心还是我结婚以前了。

我妹稳稳地开着车，我说我都快忘了手动挡怎么开了，现在只会开自动挡的了。她笑，说姐你练练就好了，刚开始我也不敢开。车开了五分钟，她停在路边的早点摊前，早点摊旁边，放着两张小桌子，几把小凳子，正有人坐在那里吃着早点。我跟着下了车，她跟卖东西的男人说，要五个炸油饼。我看着吃早点的人发呆，在这儿生活也不错啊，每天早晨吃早点。如果我从来没到过北京、从来没出国，我会不会正过着这样的日子？我是多么渴望能在这里生活啊，回到自己熟悉的地方，再也不用担惊受怕。有太多更复杂更本质的问题，我已不想再思考，累了。如果在这里，找份工作，教教英语，或者去幼儿园当个老师，也挺好的。平时挣的钱够花，就行了。

车子开上一条土路，路两边是一片片金黄色的麦田。又拐了几个弯，很快就到了樱桃园。樱桃园边上有座小砖房，用来休息和放杂物。炕上放满了衣服，土墙上挂了面破了一半的镜子和一排挂钩，挂着包和外套。

“换衣服吧。”我妹说。

我换上一条以前送给她的牛仔裤，又穿了一件海军蓝的作训服，这也是很多年前朋友送给我的衣服，我留在老家，正好这次干活穿。

对着已经破了的镜子，我又自拍了几张。什么角度才好看呢？我想拍出一种即将参加劳动的自豪感，还有一种无忧无虑的快乐感。这也像我和孟醒都喜欢的摄影师Vivian Maier，她也有好几张镜子前的自拍照。我试了好几个角度，怕在这里耽误太多时间，才放下了手机。

二姨和二姨父已经忙活了好几个小时了。

阳光透过樱桃树的叶子漏下，我爬上梯子，把樱桃摘下来放进篮子里。没一会儿，就累得腰酸背疼。

“姐，你戴上吧，别晒着。”我妹递过来一条黄绿相间的纱巾。

我把纱巾围在头上，继续摘樱桃。

筐装满了以后，我们一起抬着，把樱桃倒在小屋旁边的地上。樱桃就从这里装箱，打包发送到市场。这樱桃又大又甜，吃得根本停不下来。我们一边吃樱桃，我一边说干脆我帮你卖樱桃吧，你说多少钱，我问问我朋友圈和微博上有没有人买。而且，我还可以附送一张我亲手写的诗。

2016年6月5日

你好啊，亲爱的。

我此时坐在“万通果店”的大门口，等我表弟来接我去舅舅家吃饭。

现在换根笔写。我们现在在烤肉店。跟我妹一家人吃饭，一天都没怎么跟你说话，感觉有点空虚。

当晚，坐在妹妹的电脑间，我就开始帮她卖樱桃了。“不是所有的河都叫莱茵河，不是所有的樱桃树下都站着一位女诗人……”有个哥们在下面留言。

这广告词还可以，虽然柏林的河不是莱茵河。

今天妹妹带我去摘野桑葚，她把车停在一个村子的路边，我们三个人一人打一把伞，向地里走去。农舍都是我小时候熟悉的样子，门口贴着的春联依然簇新。很多都大门紧锁，看起来很久没人住过了。满目所极一片色彩斑斓，绿色的树、红瓦房、远处的田野和山脉。路两边都是桑葚树，我们边摘边吃，手指很快被染成了深紫色。“你拣紫的吃。还有些没熟透的。”

农舍都是我小时候熟悉的样子，门口贴着的春联依然簇新。很多都大门紧锁，看起来很久没人住过了。目光所及处一片色彩斑斓，绿色的树、红瓦房、田野和远处的山脉。天上飘着懒洋洋的白云。风吹弯了草，野花四散。不时有驾着农用车的农民驶过。路边种的是花生、葡萄，坡里视野一览无余。

田野上的杏树结满了果实，沉重而饱满，像一幅美丽的画。我赶紧喊我妹过去，给她和我外甥拍了几张照片。

到了给姥姥上坟的日子了，我们坐车赶回乡。这是我最熟悉的一条路，丘陵地带，大山环绕着乡村与农田，路过几座湖，湖水波光粼粼，也路过了我曾经上过的小学。

干燥、炽热，临近中午时分。我们一行人走在田垄里。麦子金黄，很快就得收了。花生长势也很好。我们给姥姥烧了纸，分别磕了头，我妈哭了，一边磕头一边泣不成声："娘，好好的，你怎么就走了，还没孝敬呢，你就走了……"我们站在四周，我费力地把我妈拉起来。又去给爷爷奶奶和我爸的坟烧了纸、磕了头。

"你姥姥一辈子没跟你姥爷吵过架，他们这一辈子啊，用现在流行那俩字说，叫'和谐'。"往回走，我妈边走边念叨。

"你不是说我姥姥跟我姥爷是私奔的吗？快给我讲讲。"我凑过去。

"这个你三姨知道。"我妈把三姨喊过来。

"你姥爷啊，跟你姥姥一辈子没吵过架、没红过脸。那时候不是媒妁之言吗？他们不是，他们是自己认识的，两个人看上了。当时你姥爷家里穷，原来家里也富过，后来也不知道怎么回事，你太姥爷这一辈就开始没落了，有一天你太姥爷病了，怎么也治不好，把地卖了，牛也卖了，最后病也没治好就死了。你太姥姥只好给人家去干活，你姥爷没人管，东一家西一家吃饭，跟个孤儿似的。你姥姥家有钱，他们的事家里都不同意，嫌你姥爷家穷啊，怕你姥姥跟着吃苦。

赶上那阵反右，你姥爷还被打成了右派，他这个气啊，眼睛气瞎了，你姥姥给他上河里抓鱼治眼睛，后来治好了。他们当时没跟家里说，自己出门的时候遇到了，成了亲。用你姥姥的话说，不后悔，别人都不对心思，就你姥爷对心思。”

“可不是。”

“就是说啊。”几个姨感慨着。

又说起我的太姥姥，她死于我四岁那年，死于鼻癌。我记得那时候每天傍晚，家里人都会从屋里扔出大量的沾满血的手纸。那些粉红色的粗糙的手纸上布满了红色的血迹，令我记忆犹新。

“你太姥姥啊，手特别巧，又爱干净，一辈子都整整齐齐干干净净的，到老了内裤什么的也不让我们洗，非要自己洗。”

“你太姥姥长得好，模样好，细高挑的个儿，十里八乡没她那么好看的。性格又好，招待人、持家、针线活儿，样样强，没一样次的。她那手针线活儿，我们姊妹几个没一个传下来的。你们这辈儿，我看也没有啊。”三姨又说道。

“是啊，咱姥姥手是巧。”四姨也说。

2016年6月6日

对不起，写得断断续续的。

刚给姥姥上完坟，回到舅舅家。

姥爷正在屋里抹眼泪，我在阳台上听见抽泣的声音，一般情况下他都和善而坚强。

昨晚你说“拉你手”，我就睡得很香。已经很久没有这样一觉到天明而非半夜被惊醒了。

宝宝正在床上准备睡觉，我妈在洗衣服，姥爷在想姥姥，我在想即使在这里，我想你也是这么自然。

我想喜欢一个人并不难。但“对心思”很难。要不是今天三姨说姥姥姥爷“对心思”，我还想不起来用什么话形容我俩呢。就是很天真、很自然，自然而然地对对方好。甚至也不求什么回报。

跟你说过“这个世界上怎么会有你这么好的人呢？”是真的。你总是这么地对我心意。像年轻时遇到的人，但没有一个是你。要夸人的时候总是词穷，平时太戏谑了，但我真的欣赏你的物质：分享精神、热情、内在的骄傲。

我以前就爱回老家。

我是大山里长大的。山村。三面环山。另一面是海。走出去，是大海。小时候没有修路，不知道海近在咫尺。

以前看过一句诗“无边的大海将你我分开……”但同时还有莎士比亚的另一首诗“面对风暴，毫不动摇”，似乎就算隔着印度洋、太平洋、大西洋，还有什么乱七八糟的洋我都不在乎。

我想只要心意相通，千山万水也不是阻隔。正如那句话说的：“相爱的人最终会在一起。”

2016年6月7日

亲爱的，

刚才我听着Rage Against The Machine跳了会儿舞。盯着镜子看着自己的身体，有点黯然。生孩子之前的身材与皮肤比现在好多了。我还能接受自己现在的样子吗？你会喜欢现在的我的样子吗？苏珊·桑塔格写过《疾病的隐喻》，是她得了癌症以后写的。也许这世界上已经有知识分子写过“身体的隐喻”了吧？以前我写过一首诗："我希望我死的时候满身伤痕"，当然"伤痕"在这里是个隐喻。现在我的身体已经不完美了，充满"伤痕"。我是否能接受它们犹如战士接受勋章？我爱的人是否会爱我已经不再完美了的身体？

所以当时我想拍下我的身体，记录下来。

哈，也幸好以前拍过完美的时候。

一下子写了这么多。

手机没电了，我又忘带充电器了。干脆坐在阳台上给你接着写。

那天想到你，说你像年轻时遇到的人，其实还不太一样。

你又让我想到初恋。你们都那么真诚腼腆，但其实还不一样。我很高兴认识你时，你已经长大了。是个大人。是个男人。有自己的思想。自己的分辨能力。但依然有年轻时的纯真。我想我也是吧，要不然你不会喜欢我的。

你说我有理想。也许吧。也许是种野心。你有情怀，我虽然不多，但是懂。

未来是什么样子，我不知道。我的未来毕竟比较艰难且复杂。但是未来也都取决于现在。我毕竟没有被命运击倒，而且命运也是靠人来创造的。与这个世界上的荒谬一起，这是自主性加上荒谬性的结果。

我相信，人的一生应当追求幸福。

你会努力，我也会的。

就这么结尾吧，要不然总也写不完了。

“构造一个完美的世界。”

它包括我自己、我的亲人、还有你以及你身上我喜欢的一切。

哈，居然还想接着写。

回忆起我们第一次对话，我感觉你很成熟，并没有比我小，而是处在另一个空间、

享受着自己创造的精神世界的人。

那个晚上，如此美好，对你几乎一无所知，但在你的引导下，一起听音乐，和全世界上所有的歌迷一样。心迷神醉。

交流也是，天生就好像明白你没说出来的话。

与你拉手的感觉真好。在鼓楼接吻的感觉真好。无与伦比。拥抱的感觉真好。我终于明白了什么是相爱中的幸福。和你在一起，什么都不怕。什么都不需要担心。谢谢你。亲爱的，与你在一起，就是在天堂。

午后

写完信，我在阳台坐着翻了翻杂志，是我以前回老家时带回来的时装杂志。天气很好，我下了楼，坐在院里，盯着天上的一朵云看了很久。

“今天晚上在家吃饭吧，把冬明叫来。”我妹跟我说。我说好啊，太好了。

我们一块儿去海鲜市场买菜，海鲜市场热热闹闹，每个摊位上都摆满各式各样的海鲜。“这儿每天傍晚开市，黑天就收摊。”我妹告诉我。衣着鲜艳的摊贩、漂亮的姑娘、淳朴的小伙子，我左看右看也看不够，眼睛都不够使了。我外甥拽着她闹，一个路人胖大叔看到，吓唬他说，

“小兔崽子，太皮了，电话多少，看我怎么收拾你！”我差点笑出声儿来。我妹买了鱼、虾、蛤蜊，又买了好多菜。我劝她少买，她说你回来了，怎么也得多买点儿，咱这边海鲜便宜。

回到家她就开始忙活，我躲进电脑间上网。

表妹做了一桌菜，还开了一瓶红酒，冬明一从4S店下班就过来了。他是我幼儿园兼小学同学，原来一个村的，现在爱骑行，经常在朋友圈看到他发骑着自行车去附近的山上玩的照片。

他喝得很快，有点上头，脸很快就红了。本来他就黑，现在成了黑红相间。

“你知道吗，你叛逆得很呢。”

我一愣，“是吗？”然后就感到心酸。我已经变了这么多。这个词不再适用于我了。

“我能看出来，你还是原来那样。”冬明又说。

“来，干一杯。”我举起杯。

我妹夫感慨他这一辈子没有一件事自己做得了主，都是家里人给选的，包括专业和工作。我妹说不想上班了，想开个小摊，卖菜和水果。冬明说想好好干活，以后开个自己的洗车铺，自己当老板。我说以后想回来生活，他们都说支持你，想跟哪过都行。我们边吃边聊，很快桌上就堆起一摞蛤蜊和扇贝壳。

“姐，吃个皮皮虾。”我妹给我盘子里夹了几只，“多吃点儿。”

“姐，”我妹夫给我夹了一筷子菜，“你在德国都吃什么？那边吃得是不是跟咱们这边不一样？”

“那边吃肉比较多，菜比较少。不像咱们中国，品种丰富。我经常自己做饭。”我顿了顿，“我现在都会做饭了！”

我妹抿着嘴笑，“那多吃点儿！”

“我做事情，就是随心所欲，没有什么上进心。但我不喜欢别人管我。”冬明说。

“我也喜欢随心所欲。”我赞同道。

“你这次真的回来了。”冬明转过头，凝视着我。

我欲语却忘言，表妹和妹夫笑吟吟地看着我。妹夫端起啤酒，“来，姐，干！”

各喝一口酒，冬明接着夹了一口菜，“你前几次回来，我都感觉你心不定。不知道为什么，就是这么觉得。这次我看到你，觉得那个熟悉的你又回来了。”

“我觉得也是。”

“你每句话都像电影台词。”陪我到楼下买烟时，冬明对我说。

“可我真没演电影。”我反驳道。

“你看，你这句话就像台词。”

“有吗？”

夜黑得透明，天上闪着星星。一眨一眨的，我简直想一直盯着它们看。

“哎，以后有机会还是回来吧。”冬明又跟我旧话重提。

“嗯。”我叹了口气，“是啊，还是回来的好，回来有亲人。”

我妹和我小姨一起，开着车把我妈、我和馅饼送到了潍坊车站。我们路过无数高楼，路过路边的行人，路边形形色色的商店和小铺，我一眨不眨地看着窗外，怎么看怎么好看，我怎么也看不够。等她们停车时，我先去麦当劳给她们一人买了一份早餐，给我自己也买了杯咖啡。小姑娘服务态度特别好，我谢过她，走出门，在路边等着她们。心里爱着一个人的感觉就是无论做什么都充满喜悦，所有日常小事变得充满乐趣，一点儿也不累。

我妹和小姨又开着车回去了。我和我妈一人抱着孩子，一人拿着婴儿安全座椅，两个人就这样上了高铁。

连续几天都是干燥、酷热的天气，是典型的北京夏天。很奇怪天上还有云。

回北京后，休息了两天，我和孟醒约着去了上海。是早班飞机。我很少大早晨地去机场。我不嫌累地坐了机场大巴，这份辗转也应该是旅行的一部分。更何况我是那么想接近人，看着黑头发黄皮肤的国人我就觉得踏实和亲切。我觉得我像个微服私访的隐身人，混迹在一大帮陌生人中间，感受着种种此前被我忽视的细微之处。

又见到了葡萄。葡萄说，我发现你又快乐了。就像你以前和兔子在一起一样。你和孟醒在一起，真像两个孩子。

我是很久没有这种感觉了。似乎又年轻了。

是啊，我总是想起你和兔子在一起的样子。

我也不知道以后会怎么样。我对葡萄说。

是啊。就先这样吧。他说。

我们在上海，每天的主题就是吃饭。从早吃到晚。好在这在上海根本不是什么问题，上海的饭馆太多了，从中式到西式，应有尽有，根本吃不过来。

有一次我说了请他，结果刷不出来卡。我心惊肉跳，孟醒走过来把卡刷了，我脸红了。他说这有什么呀，没事儿的。

他又送给我一本书，是我曾经提起过的前苏联现在属于乌克兰的摄影师Boris Mikhailov的画册。他拍的都是他居住的城镇的人，是乌克兰的一个小镇，比东北还东北，边远、穷，这里的人们也没啥未来可言，可是照片上的那些年轻都在咧嘴笑着，很快乐的样子。

“你看他们的脸上的表情，多快乐呀！”

“哎，明明，快过来。”我妈跟我弟在屋里兴奋地喊道。

我过去，“怎么了？”

“你有没有发现，宝宝屁股后面有个胎记啊？是颗桃心！还是你弟先发现的。”

果然，在馅饼的屁股上，有一块青色的胎记，是桃心形状。我抱起宝宝：“俺宝宝真会长！”

“你说说，这么长时间了还真没发现。”我妈笑。

临近回柏林，我和孟醒见面的次数越来越频繁，时间也越来越长。除了我看孩子和他上班，剩下的所有时间我们都在一起。有时候从下午一直玩到半夜。有时候一天太累不见面，就用手机聊天。

有天我们去后海散步，我觉得这简直就像谈恋爱，这么庸俗的景点都去，还乐此不疲。

从后海溜达到胡同，在一家我从来没去过的酒吧，我点了杯干红，他点了杯干姜水，两个人一下子沉默下来。

我走了以后你会想我吗？我开口道。

会呀。他答。

没有人陪我这么玩过。他又说。

我以前也没有这么吃过饭。我说。

我也没有。

处处都有神迹。有天我们打车，音箱里传来一段音乐，旋律听起来很熟悉，我问，“这是什么歌？什么乐队的？”

“《阿姆斯特丹》，诱导社的。”司机说。

“哦，这首我没听过。还挺好听。”

车窗外吹来阵阵和缓的微风，一时间我们谁都没有说话，只有音乐在响着。

有些歌，一听到就想到往事。放Chet Baker的时候，李灵的脸一下子出现在我的眼前。这些音乐最早还是李灵在MSN上给我传的。北京开奥运会的那年夏天，我们经常在网上聊天。

我们当时用的聊天软件都没了。时间过得太快了，一转眼，李灵都到了我当年的年龄了。也不知道她过得好不好，罢了，有些人出现在你的青春期，留下了最美好的记忆，从此离去，再念念不忘也没有办法。

我震惊于我的遗忘。那些真实发生过的过去居然藏得那么深，如果不刻意回忆，就像没发生过。这多可怕，不会有一天，我连今天的一切都会忘记吧？

晚上的三里屯，火树银花，我和孟醒打算去Page One书店看看，结果路过两个乞丐，一大一小，瞎了眼的妈妈正往儿子嘴里倒水，儿子拼命挣扎，我仔细一看，儿子好像也是瞎子。这个情景看起来既狰狞又心酸，简直像恐怖电影，可惜不是电影，是眼前活生生的现实。我往前走几步，又停了下来。

我们是不是该报警？我问孟醒。

他没说话，像是思考了一会儿，说要不然再回去看看。

我们又折了回去。在离他们几步之遥的地方，看着他们。儿子像只小猴子一样趴在妈妈的怀里，他妈妈好像在流泪，又好像在咆哮。可能是当了母亲，现在我更见不得这一幕了。我也不明白，为什么我以前遇到这种情况都不会多想?

这时候我看到了警亭就在他们的后侧，警灯一闪一闪的。如果要报警，肯定早有人报了。

我很难受。我对他说。

我知道。他说。

我不敢报警，我怕给咱们惹来麻烦。

警察肯定都知道的，这肯定都是团伙。

我们什么都做不了。

那个晚上，我们告别回家后，我依然在想着我看到的这对母子。在这里，如果要想让自己开心地活下去，只能对许多情景视而不见。如果不能睁一只眼闭一只眼，那日子简直过不下去。

有天我们去东边一家酒店的餐厅吃晚饭，吃完饭，各自叫了辆车。他的先到了，他就先走了。我的车迟迟不来，这时候雨下了起来。没办法，我又换了个APP叫了一辆。刚坐上没多久，一个手机号打进来，原来是之前叫的那辆车的司机。在电话里骂骂咧咧。我说我已经取消了订单，他还不依不饶，最后我把电话挂了。

司机跟我说，你脾气太好了，刚才根本不是你的错，他之前为什么没联系你？那是他自己的原因。

我说我也不知道怎么了，从来没有遇到这种情况，打车还被骂，明明是他接了单又不来，我等了半天。

我想起孟醒，一下子想到我们的结局，不会就像今天一样，匆匆告别，他先离去，而后我也无奈离去吧？泪一下子涌到我的眼眶里，再也止不住。

激情有时候令人失语。我陷入一种完全不知如何表达的境地。说什么都有可能说错，不说又憋得慌。

有时候我会震惊于遗忘。比如有些歌曾经听过无数遍却忘了曾经听过，直到再听的时候才想起来，啊，原来那时候我曾经翻来覆去地听同一首歌。也不知道现在的感受会不会有一天也忘记了呢。

我去了人大写作班去观看以色列作家的讲演，顺便留下来与写作班的朋友们晚餐。正声名鹊起的年轻小说家坐我旁边，我抽了一支他的烟。似乎我们也没聊什么正经文学，就说了点日常生活里的俗事儿。我的几个朋友坐我对面，其他人我也都认识，大家年龄相当，都写小说。饭桌上有人提前走，说“不好意思啊我要回家写稿”。众人接话：“这里就你一个作家吗？”我提前走的时候说：“对不起，我回趟家。”站在校园里，我看了一会儿踢足球。天空布满淡紫和粉色相间的彩霞，夜风轻柔地吹来。

如果有可能，我也想回学校待几年。如果不能，我就在北京找份工作，好好过日子。

“哎，你就真的为了开车爽，要修一条高速公路吗？”许丽恨铁不成钢地嚷嚷道。

“这话说的。”我讪然。

“跟你说，他靠不住的！你自己都忘了你原来说的话‘中国男人都接受不了我，我只能找老外’，现在出了一个小孩儿，就把你迷得五迷三道的，你也太没出息了！”

我哼哼了两下，顺势在沙发下面的零食筐里翻了翻，全是好吃的，产地各异，有南方的有日本的，估计都是她从淘宝上买的或者别人送的。

“说真的，”许丽拿起茶壶，给我添了点茶，“他不会理解你的。真的。别不信。怎么着，打赌？你一走他肯定就把你给忘了。你就把这当成夏日之恋好了，这样还会保留一点美好，千万别想太多。”

“我就希望纯粹点儿。”

“我知道。”她叹了口气，急了，“他谁啊他，他能懂你吗？他读过你读过的书吗？他走过你走过的路吗？他知道你心里的苦吗？他明白你的抱负吗？你现在，就是太缺爱！过一阵儿就好了。”

“唉，以前怎么跟你说的——高精尖！你就是喜欢不喜欢你的，就是任性！”

以前每次听到这句话，我总会笑起来，但这次我无动于衷，甚至感觉很悲哀。

许丽看出了我的心思，缓和了一下口气，“你就是一个天才的灵魂。不是女的。绝对是个男的。你真的一点都不娘儿们……”

“我娘儿们，我太娘儿们了，我这回完全变成了一娘儿们！”

临走前，我挑了个晚饭后的时间，拎着两袋猫粮，去曾经住过的院里看望喂猫阿姨。上楼时，我的心“怦怦”直跳，又是激动，又害怕她不在家。在国外时，我天天想着北京，想着以前的生活，现在我又重新回来了，喂猫阿姨是我过去生活的一部分，如果见不着她，我就觉得还没真回来。

我轻轻地敲了敲门。屋里传来“谁呀？”

我说：“是我。”

门开了，阿姨出来了。她见到我愣了一下，然后立刻露出了喜悦的表情。“快进屋儿，你回国了？”

“等阿姨一下，我去换件衣服。”

我坐在沙发上等着她。客厅挺空的，没什么多余物件儿。阿姨换上一身儿整洁的衣服走出来，坐在我旁边。

寒暄了几句，她说道：“你知道对面的军队大院儿每年都打猫吧？多没良心啊……”我们见面的时候，她总是为猫忧心。

我也听得揪心，又不知道该怎么回答，只能“嗯、嗯”地唯唯诺诺。

“你胖了，丰满了，胖点儿好。”刘阿姨看着我说。

“我生了个孩子。”我嗫嚅地说，不知道为什么有点不好意思。

刘阿姨很兴奋，我就拿出手机给阿姨看照片。“多好看的孩子啊，真可爱啊。你们以后还回国吗？”她问道。

“回！”我坚定地说，其实心里没底。

第二章

刚生完孩子那几个礼拜过得特别快。像梦一样。都说女人会忘记生孩子的过程，实际上，我还隐约记得一些。比如打了脊椎处的麻药（正式名为“硬膜外止痛”，英语是“epidural”）后，我的双腿已完全没有感觉，两个助产士扶着我上厕所的时候我还腿一弯，差点摔地上。当时我们带了三张CD，一张Beethoven第三&四协奏曲，一张Shostakovich和一张我最爱的Dvořák。当我在麻药劲儿快过去的时候，我说要听Dvořák，阿伦赶紧把这张CD打开，结果里面是空的，盘忘在家里了。我当时心想不妙，我是打算听着这个生产的。于是只好听贝多芬。尽管有麻药，药劲儿也会过的。我追加了三次麻药。每次我都非常坚定：我要麻药！我受不了了！

在进产房十八个小时，换过三班的助产士后，我不得不进行剖腹产。我记得最后一拨其中一个助产士看着我的眼神充满了同情和恐惧，估计她是不想自己也承受这个过程，但我当时真的管不了那么多了。

“我们应该给你进行剖腹产手术，对不起。”第四拨助产士告诉我。

“行吧。”虽然我完全没有做手术的心理准备，但情况比较紧急，我也筋疲力尽了。

“医生需要半个小时的准备时间。”她告诉我。

两个产房离得大概十几米，中间有个楼道。前一种产房很温馨，这回这个可是真正的手术室。我被推过去，换上了另一件手术服，阿伦不在，换无菌服去了。我一个人躺在手术室，英语立马吓得忘了一大半，可怜兮兮地问护士你们的麻药管用吗？多给我打点儿！这回围着我的医生护士站满了一屋子，似乎只有一个人听懂了我说的话，她用结结巴巴的英语说，别担心，这只是一个很常见的小手术……我的手脚被固定在手术台上，又打了一次脊柱处的麻药，左肩膀凉飕飕的。她们在我肚子上测试了一下，我感觉挺敏锐的。

“有感觉！”

“能不能给我全麻呀，我不想感觉到在做手术。”

没人再接我话茬。过了一会儿，手术开始了，我的前面围起来一块蓝布，手术就在这块蓝布下。果然我没有什么痛感，只有被什么东西碰到的感觉。越来越冷，我打着冷战，牙咬得吱吱作响。这时候有人拉住了我的手，我也没法转头，应该是阿伦来了。天哪，这什么时候结束啊？这可不比自然生产更舒服。我没有时间的概念，大概半个小时到四十分钟吧，就听一声“哇”，孩子出来了。有人抱着孩子递给我，我只看了一眼就累得又闭上了眼。我被抬上了移动的病床，推回了我们预定的房间。由于是剖腹产，我们可以在这间房间里住五天。我的手术和住宿都是免费的，阿伦需要另外交钱。

孩子叫馅饼，八斤多，医生见了他都说真是个大宝贝儿。怪不得呢，他晚生了十天，就在这十天里又长了一斤，早知道生产过程这么困难我就一进产房就举手：我要剖腹产！

我妈当天晚上就打电话了，阿伦告诉她我刚生完孩子，是剖腹产的。

馅饼的小床就在我旁边，他大部分时候都在睡觉，醒来就要吃奶。我的奶量不太足，尤其是到了晚上，困倦不堪。我要求加奶粉，第一个晚上护士没有给我拿奶粉，她说要让医生决定，第二天告诉我们结果。那个晚上孩子一直在哭，后来他哭着睡着了。第二天，护士拿来三小瓶液体奶粉，告诉我们这是配发的奶粉，如果需要，可以给孩子吃这个。我松了口气。

第二天我妈一大早就拎着饭来看我们了。一进门看见我躺在病床上正在输液，她一愣，后来跟我说当时看我脸色一点血色都没有，要我多补补。

女医生来查房，她检查了我的伤口，对我说，可以洗澡了。我想起中国的规矩，问道，洗澡会不会对伤口不好？她愣了一下，说，不会的，不洗澡伤口容易感染的。

我妈说，先别洗了，万一伤着怎么办？

我说我还是洗吧。

她说那你别碰冷水！我先给你放好水，你等水热了再进去。

我小心翼翼走进洗手间，褪下医院配发的睡衣睡裤，又撕下卫生巾，小步挪到淋浴头前。在热水的冲击下，深深地闭上了眼。我不敢向下看，不敢看自己尚未恢复好的身体，不敢看自己的肚子。忍不住，我用手摸了摸，震惊地发现皮肤凹凸不平，我低头一看，天哪，在我的剖腹产伤口处，长出了几条妊娠纹。怎么会这样？自从我怀孕后，我已经用了不下十五瓶按摩油了，生的前一天我还涂了，一丝褶皱都没有。我的心情一下子阴云密布。

我扶着保健医生的手，一步一步地往前挪。他还挺帅。“对、对，就这样！别走太快。”他叮嘱我，“你每天都要自己这么跟楼道里走两遍，加速恢复。”

医生将我的导尿管收起来，说你可以试着自己排尿，刚开始要慢慢来。她和护士一起，将我从病床上扶起来，我躺到了普通的床上。还是在普通的床上好啊，只是起床的时候有点费劲，要从侧面小心翼翼地爬起来。

这里的医生护士也是三班倒，经常见到不同的面孔。我跟其中一个护士急了。她大概五十多岁，在指导我喂奶的时候，一直用手指着我的胸和我的脸，仿佛我不是一个人，而是物体。我一下子就生气了，用中文跟阿伦说，你告诉她，在我们的文化里，用手指着别人的脸是不礼貌的行为。阿伦翻译了，女护士有点惊讶，说对不起。我说我没有别的意思，谢谢你教我，我只是不太喜欢被人指着。

乳头疼得厉害，另一个护士送来了一小瓶药膏，是羊毛脂成分的保护膏，我给自己左右两边都抹了，一天抹几次，疼痛减缓了。

我慢慢地在楼道里走着，临近圣诞节了，餐厅里放着一大束鲜花，上面环绕着彩灯。

白天，我也尽量自己走着去取早餐和咖啡。我会拿一个苹果或者香蕉，再给自己倒一杯咖啡。这里的咖啡淡而无味，是适合产妇喝的那种，超低因的咖啡。

午睡的短暂时间里，我从梦中哭醒。在梦里，我抱怨人生，威胁说要离家出走，而我要离家出走的家庭并非我父母的那个家，而是我现在自己的家。我爸突然回来了，听我说要离家出走，对我大声讽刺。我妈安慰我：你爸这人性格直率，藏不住事儿，一会儿就好了。我愤愤不已：你们为我做过什么呢？片刻后，我眼前的书里飘过两张折叠的小纸条，我爸走了过来：这是我刚才找出来的，你看看。我一看，是当年为了给我矫正牙齿打的借条。

我想起来他真的爱过我，又羞又愧又难过，大哭不已，直到从梦中醒来。阿伦正在窗前打盹，馅饼正在他的小床上呼呼大睡，我妈不在，应该正在家里给我准备饭呢。她每天都来看我们，晚上睡在家里，做饭、照顾猫，我们在医院住院。

啊，我不能说我没被爱过。

三天之后，我们出了院。再次见到Caesar，我感觉有点陌生。Caesar也觉得很奇怪吧，怎么多了一个人，而且还这么需要被关注。

我侧着身给馅饼喂奶，大概十几分钟后再换到另一侧。有时候喂着喂着我们都睡着了。我知道这样不好，但忍不住困意。

阿伦应我的要求，去超市买来奶粉。在我困倦不堪的夜里，由他来给孩子泡奶粉。

“明天中午黑保姆来。”

“啥？”

“‘hebamme’，德语，‘助产士’的意思。”

“哦……”

临近预产期时，阿伦告诉我，德国政府规定生完小孩后，会有一个助产士来家里查看孩子的状态，同时帮助产妇的产后恢复情况，直到孩子两个月大，父母们都学会照顾孩子为止。而且这是免费的，由政府给她们发工资。

我们打电话的时候，已经是预产期的前一个月了，好在几轮电话打下来，终于有一个人说她有时间。

她叫英古儿，剪着浅亚麻色的Bob头，很60年代的发型。眼睛是深亚麻色，睫毛随着她看着我而一眨一眨。她年纪不轻了，大概四十五岁，很苗条。衣服很普通，但很干净。

“你会喂母乳吗？”她问我。

“会吧——但不想超过三个月，我还有许多事要做，我怕我的奶不够，我担心我没法出门，我觉得太有压力了……”

我一说就焦虑起来，德国也是提倡母乳喂养的国家，上次我去医院里护士也问过这个问题，因为她说他们是一家提倡母乳喂养的医院。这里有不提倡母乳喂养的医院吗？我跟那个护士说会喂的，她们说建议一直喂到六个月，因为这是免费的。

我当时差点翻了个白眼。这是免费的，可你别这么赤裸裸地说出来啊。

“如果奶不够呢？”我追问护士。

“也有奶粉的。”她有点不情愿地告诉我。

“当然了，我们可以按照现实情况调整。”助产士温和地说。她真的是温和的语气。我放松下来。

“所以，你决定选择我吗？”谈话快结束的时候，她问。

“会的。”我说。

她拿出本子，我在上面签了字。这是要给政府看的。

她跟我握手，双手纤瘦而有力。门口放着头盔，原来她是骑摩托车来的。

最大的问题还是语言问题，尽管我确定医生会说英语，但生孩子这事本身就让人紧张，我不想在生孩子时还得用第二语言交流。

后来我们就管英古尔叫“黑保姆”了。“黑保姆”看见馅饼，做出一个惊讶的表情，“他个儿真大！”过了一会儿，又夸他“very friendly”。她给馅饼量了体重，教我喂奶，为我们推荐了附近的一家儿科诊所。随后，她说要看看我的伤口。我躺下，掀开衣服，有点不好意思。

“恢复得不错。”她按了按我的腹部，然后说。

“这个该怎么办？”我指指我的妊娠纹。

“嗯……”她想了一下，“可以用油按摩，像这样……”她轻轻地用手帮我按摩起来，“每天按摩，也许会有帮助，起码会淡化。”

我无奈地冲她笑了一下。唉，能淡化也行啊，比淡化不了要强。

她推荐给我一个本地品牌的按摩油，还在纸上写下了这家品牌的地址。

“现在还不要做剧烈运动，你可以活动一下上半身，但不要去健身房，也不要游泳，因为你是剖腹产，要给伤口恢复留些时间。”

我让我妈和阿伦去买窗帘。他们去了宜家，在宜家他们给我拍了几张照片，我皱着眉头从中选了米白色和天蓝色的。等他们回家我一看，天哪，这米白色太暗了，本来屋里光线就不足，一挂上更暗。

我跺着脚，说得换掉。不行就要白的。

你真是事事不将就。我妈说。

还真是。我乐了。

我就凡事将就。我妈又说。

我想起我们家的窗帘，说，还行啊，咱们家的。

那也是十几年前做的了，还是以前你爸单位他们发的。

“不，我不想跟你去旧金山！”

阿伦接到一个邀请，他一个同事临时有事要离开旧金山，问他能不能帮他在大学代半年课。

“我不想！”我差点就尖叫起来，“我受不了跟你去任何地方了！我不想再去适应环境，我受够了，我想回国！”

冬天的柏林天气阴沉，过马路的时候我们又谈到了去旧金山的计划，我的情绪彻底失控了。这该死的柏林，为什么看不到远方？视线都被建筑挡住了，没有一个方向能看得到天边。

我真恨不得有辆车突然开过来，要么把我轧死，要么把阿伦轧死。这样问题自然就解决了。

一想到还要在这里待下去，我就受不了。我这辈子不会困在这座孤岛上吧？我不会永远变成孩子和阿伦的奴隶吧？

我快恨死阿伦了。我觉得他用现实和精神把我控制在这里，令我无法解脱，让我回不了国。他用母爱和爱情控制了我，而我无论怎么跟他抱怨，他都不当一回事儿。

每天都累得够呛，虽然有我妈帮着，可我们还是又累又困。我的情绪比生产之前稳定许多，可依然时好时坏。我恢复了梦境，常常梦到栩栩如生的片段，醒来还会受梦的影响或喜或悲好长一段时间。

在农村老家，我和我妈相依为命。冬天的夜黑得特别早，我们也早早就上炕了。白天我妈还要起来给我做饭，然后去上班。我从来没觉得苦，姥姥姥爷爷爷奶奶都住在一个村，还有当时没有结婚的三姨、舅舅和正在上大学的小姨，以及嫁到同村的三姑。我是被宠爱的那一个。我的童年阳光灿烂，我得到了太多的爱，太多的亲情。我从来没觉得父亲不在家对我而言意味着什么。九岁以前，我都没怎么见过父亲，他每年会从北京回来一两次，每次十几天到二十天不等。原来回溯过去，每个人的人生都不一定完美啊，我缺少了父亲的陪伴，我也得到了妈妈和一大家子亲人的爱。

我的伤口还未痊愈，正如“黑保姆”所叮嘱的，起床时要侧着起，不能拎沉的东西，笑的时候都要注意，不能大笑，伤口会疼。我感到自己很虚弱，无法控制自己的身体。每天就是吃、睡、喂奶，像是动物。其实我们就是动物，不是吗？时间过得特别快，我和阿伦都记不起今天是几号，完全晨昏颠倒。柏林的十二月阴天多雨，白天的日照时间很短，只有几个小时，一下子就从白天到了黑夜，又从黑夜到了白天。倒是我妈挺习惯在这里的生活的，说喜欢这里的气候，比北京要湿润。

晚上忙完后躺在床上，耳朵“嗡嗡嗡”直响。去年耳鸣时医生给我开的药我都没吃，因为很快我查出来怀孕了，那些药孕期不能吃。此时耳鸣似乎更严重了，脖子、肩膀、后背也很疼，尤其是右肩，扭一下吱吱作响。这跟喂奶也有关系，长时间保持着同一个姿势，太累。

幸好有我妈看着孩子，我们才有时间去做些别的事，比如去看牙医，去剪头发，去看我的全科医生。全科医生还是去年看的那个，他跟伦敦待过一阵子，英语很好。

那是上个礼拜我们预约的时间。那回我们顺路路过诊所，想看一下耳鸣，没有预约，只能等。等了两个小时，都没有轮到我。我焦躁而愤怒，我觉得直冒虚汗，实在坐不住了，我示意阿伦离开。一路上我走得飞快，气得脸都扭曲了。

“你为什么不早点说咱们走，不等了？”

“你知道不知道我特别难受，不能久坐？”

他紧闭着嘴，看起来很受罪。

过了几天，我们又预约了一次，这回如愿看上了。

医生先是跟阿伦寒暄着，然后问我孩子多大了。听我说后背疼，他给我按摩了一下，“你看，右边更严重。”

他重又坐回到桌前。“我可以给你开几次理疗。不过……这同样关乎你的心理，你的压力太大了。去年我见到你，你进来的时候畏缩着……”他做了个动作，随后又恢复了潇洒状。“你在这里有朋友吗？新的环境、新的情况——你怀孕了，对了，还有你们的猫。你们有几只猫？哦，三只，现在只有一只了。这些都会加剧你的心理负担。你也不会说德语。有时候你不会说当地的语言，就进入不了当地真正的生活。”

他说这些的时候我正看着墙上一幅画，画上是两个骑自行车的人，随着他们的动作，他们血肉横飞……不对，这些红黑色的线条是画家在表现瞬间的动态。我吓坏了。这要还不是忧郁症的体现那什么是？

我眼前立刻浮现出去年我进来的样子。那时候我就那么痛苦了吗？我突然感觉到眼眶有些热，我怕要流眼泪。

“其实用英语也可以在这里生活的，”我顿了一下，“可是有些人不会说英语……”

“也许他们是不愿意跟你说英语。”主治医生打断我，“你为什么不学一下德语呢？你看，我去过中国，没学中文，因为我只去了几个礼拜，呵呵……”

我本能地扭头看了一下他书架上的照片，那是他作为国家队队医与他的队员们在北京奥林匹克村的合影。2008年。

“我学了…… 去年秋天，我学了两个月，后来需要生孩子了。今年我打算接着学，过一阵儿吧。”

“嗯，好。”他眯着眼，转着手里的钢笔，“你需要跟人聊聊天。比如一个心理医生或者心理咨询师。每礼拜一次，一次四十分钟。如果你跟人聊过之后还讨厌柏林，也许你应该离开这里。”

你说得太对了。我想离开这里。我心里说。我还想离婚。我心里接着说。

“我需要心理医生。”这是我说出来的，“我想跟人聊聊。”

“你现在感觉怎么样？”

“我有些焦虑，也有点害怕。”

“哪种多一些？”

“……都很多。”

“好吧。你可以从网上找找有没有说中文的心理医生。这个我帮不了你，抱歉。对于心理咨询来说，语言很关键，如果你们说一种语言更有助于沟通。”

我想我肯定看起来很痴呆，因为他有些失去耐心，“你什么都有了啊，这世界上不是你一个人有问题，所有人都有自己的问题，我也有我的问题……”

向他告别后，我打算再也不来这里了。对他，我既感谢又厌恶。可能是每次都被他看破我的虚弱吧。我讨厌这个虚伪的家伙，可偏偏还得来找他帮助。

一出门，我就忍不住爆发了。“原来去年我这么悲催啊，连这个医生都能感觉出来，你怎么就没感觉呢？你到底懂不懂我啊？你明白我的感受吗？”

“去年我那么水深火热，你怎么就毫无感觉呢？我都什么样儿了，”我的眼泪流了下来，“都什么样儿了，你还置若罔闻！这是不是文化差异啊，还是性格不同？”我把文化差异说出口，自己也吓了一跳。之前我从来没有想过，我跟阿伦之间还有“文化差异”。但由不得我不认，我们现在这么难以沟通，难道不是文化差异？不但有文化差异，性格还不一样。

阿伦紧皱眉头，在我前面疯狂地走。

我跟“黑保姆”说了我的情况，她充满关切地看着我。下一次她来的时候，给我带来一小瓶药，里面装满了小药丸，像白色的小米粒。“这是植物提取的药，称为‘顺势药’，没有副作用，一天十粒。”她告诉我。“明天我会再给你带一份表格，你可以做一下，看看你的状态。真的很抱歉，我不是专业的心理医生，我只能帮你做这些，你可以上网查查有没有合适的医生。”

那些小药粒甜甜的，我把它们压在舌头底下，让它们慢慢融化。有时候我也会忘记吃，也没什么后果。

我上网查了这瓶药的介绍，这是治疗轻度忧郁症和青少年忧郁症的，对我来说，它让我的头脑更清醒，情绪更稳定。

有个晚上，我终于做了“黑保姆”带来的表格，是关于“产后忧郁症”的。她带给我的是英文版，十七道题，我几乎每一项都选择了“偶尔”或“经常”。也就是说，我是介于轻度到中度之间。

几天后，刮着风的灰蒙蒙的一天，我坐地铁去看一个从网上查到的心理医生。我需要一个会说中文的心理医生。几站地铁后，我又按照地图走了几分钟，来到一幢居民楼前。

风吹得人东倒西歪，简直想立刻躲进任何一间屋里，但每个大门都紧锁着，没有任何门是打开的。

今天不是正式治疗，而是治疗前的咨询。女医生来自南方，说话带点口音，娇小，大概已来外国多年，说话的时候不自觉地说了“你们中国人……”我也就一笑。

“现在的这些问题也许不仅仅存在于现在，也和过去有关系。”

“嗯。”我点点头，“是这样吧。”

“我们的病人也不能把所有责任推向别人或者世界……”她给我介绍她这门理论的背景，听到“病人”一词我心中一惊，一下子就产生了抵触心理。

我要考虑一下。她的表情看起来有点失望。我也一下子产生了一股同情之意，但随即就打消了。不行，我得顾自己，不能因为同情她而成为她的病人。

临走的时候，她说你是哪儿的人？我说北京的。怪不得普通话说得那么好。她说。我被逗笑了，向她告别，离开。

走在回家的路上，我知道，我不会找她当我的心理医生。

在路上我一直思索着她的话。有一点我是承认的，她说现在的这些问题也许不仅仅存在于现在，也和过去有关系。弗洛伊德的理论。童年成长，包括阴影和创伤留下的恐惧，还包括青春期的情绪，包括与父母的相处，种种遗留问题如同种子，遇到合适的土壤空气便破土发芽了。如果能有一种心理咨询让人明白他从成长到现在的所有的隐秘的问题，我愿意尝试，这很吸引我。与此同时，一个写作的人相信些神秘的东西，不是所有的事都有迹可循，这世上总有些是道理无法解释的事。你把自己看得那么清楚干什么？你能面对那些纤毫毕现的内心吗？你有那么坚强吗？再说了，反省、自省，难道不是因为这个我们才忧郁的吗？如果的确是周边环境的问题呢。用什么样的视角来看待，得出的结果是不同的。如果你是生在奴隶社会的奴隶，你再反省也是没有用的。你就是处在一个不公平的社会，这时候是需要一种发展的眼光、历史的眼光。承认有问题，然后再看如何解决。

我还想到了美国黑奴解放史和平权运动，如果有一个黑人感觉社会不公平而得了忧郁症，医生对他说，不要怪体制，这个人该怎么想，该怎么做？有时候明显的不公平被忽视了，就像房间里的大象，被大多数人视而不见。

作为一个女人，一个在异国刚生完孩子的女人，我觉得我和奴隶社会里的黑奴有着非常相似的处境和心态。这让我惶恐不已，同时充满了怒火。

“我不打算找她了。我宁可找一个理解我的、说英语的医生。这不仅仅是语言问题，这是对方到底理解不理解我的问题……”

“对。是这样的。我理解。”“黑保姆”说。

我心想，如果那个医生像你一样善意体贴，那我肯定会去找她的。

“黑保姆”常常会遇到不会说的词，每当这时她就停顿一下，我知道她正在脑子里回想这个单词对照着的英语。如果找不到合适的词，她就会转向阿伦，用德语说一段话，然后由阿伦翻译给我。这种时间她的面部表情总是有些羞怯的。然而我们从来没有沟通的问题，她懂我。

我在柏林艺术家群里认识的一个朋友邀请我参加他的

画廊开业典礼。我认识的几个人也都去，刘絮说她也争取过来。她已经搬回了柏林，住在离我有几站地的地方。那段时间我很累，但我想想还是来吧，万一能认识点儿新朋友，也能顺便和刘絮聊聊天。

那天，我试遍了所有我以前的晚装，发现大部分都不再适合我，都太瘦了。我勉强把自己挤进去，最后又费劲地脱了下来。

那家画廊离我家不太远，我坐地铁，又按着Google地图走，走了好几圈，发现自己走错了路。当我终于冒着汗到了画廊时，发现大堂里的沙发上已经坐满了人，大部分都是中国人，王箐坐在沙发上，刘絮正端着一杯酒站在一侧，见到我，她立刻过来跟我寒暄，“来啦亲爱的？我给你倒杯酒吧。”刘絮今天特别打扮了一下，她是南方人，又苗条，稍微修饰一下顿显清秀。

“吃饭啦！”画廊老板，那个四川男孩端着一个巨大的餐盘走过来，上面摆着精致的中式点心。人们呼啦啦一拥而上，餐盘迅速空了下来。

一个帅气的年轻男孩看见我站在那里，主动帮我端了一份递给我。

“这是投资人。”刘絮悄悄地对我说。

后来我就坐在大沙发上，左右两个gay，正在说着网络流行的俗段子，笑得花枝乱颤。我加入他们，一起笑得前仰后合。正笑着，一个男孩走过来，问我是不是诗人。我说对，怎么了？“呀，诗人呀。我崇拜呀。”我皱了皱眉。

“来，来，我来介绍一下。”画廊主突然蹿了过来。

“你就叫我小波就行了。”

“小波呀！”画廊主先笑起来。

“对，我是小波。我也写东西，这次是申请了一个基金，我说我要研究一下中国同性恋和德国同性恋，他们就批准了。其实我最想当诗人了！诗人，你什么时候教教我写诗呀？”他忽闪忽闪地眨着大眼睛。

我一听到这种对话就有点失控。“我酒快喝完了，我再去倒一杯。”我找了个借口。

撤到刘絮身边，我说我不敢再坐到沙发那儿了。王箐给我指几个人，分别告诉我这是谁这是谁。

稍微待了一会儿，我就觉得累了。为了配合开幕，我穿了双高跟鞋，此时脚疼痛不已，估计已经肿起来了。

人散得比较快，我一看手机，才十一点多。

晚上跟我们去喝一杯吧？画廊主招呼我们。

刘絮和我都有点犹豫。还没容我们多想，画廊主就一手拉着我们一个人，走出了画廊。我们走了大概十分钟的样子，找了一家酒吧。

在大桌子上坐定后，我们分别点了饮料。想起来还在喂奶期，我点了一杯无酒精鸡尾酒。

画廊主拿起手机看了一眼，然后转向我："哎，吴楠，刚才有个女孩给我发了条微信，说吴楠不是个先锋女作家吗，怎么现在穿得跟家庭妇女似的，你怎么想？"

我差点呛着，和刘絮、王箐对视了一下，我说："谁啊？"

"就是一个……咳，朋友呗。"

"我能怎么想啊，傻逼呗。"

"我喜欢吴楠现在这样。"刘絮赶紧说。

"我觉得啊，人都有高低起伏，在低谷期……不，也不是说低谷期，而是说人的经历不同，这个人这么说话肯定是不对的。你别理她。”王箐说。

我沉默了一会儿。大家换了话题，但我怎么想怎么不舒服，一杯喝完，我说要先告辞。刘絮说跟我一起回家，王箐说再待一会儿。

各自付了饮料钱，我们去坐地铁。

“吴楠，刚才的事别介意。”刘絮安慰我，“我们认识的时候你已经来了德国，我喜欢现在的你，什么衣服啊、名声啊都是身外物，真正的朋友是不会在乎这些的，他们不了解你。”

见我不说话，刘絮又说：“其实你看我现在这样，是不是觉得我特别亲切特别家常？天天弄孩子什么的。我原来不这样，我也挺高傲的。也不是说高傲，就是说我原来也是挺那什么的，我从小就画画，进美院，成绩也可以，早早就出了国，也开过画展。后来是经历了一些事才变成现在这样，不懂的人是不知道的。”

“嗯，不足为外人道也。”我说，又补充了一句，“我很高兴认识你，刘絮。”

“亲爱的，我也是。好好休息，你最近肯定挺累的。替我问阿伦好，再替我亲一口馅饼。”刘絮拥抱了我一下，匆匆上了车。

那个晚上我翻来覆去，越想越生气。我一下子就想到了北京的生活。“人在江湖，身不由己”，躲出这么远，还是没躲开这种议论。或许我还是太天真了，我该知道，有人的地方就有江湖。

“一、二、三、四……”

肤色黝黑健美的老师一边用德语喊着口号，一边走来走去纠正我们的动作。我们围成一大圈，中间是几个正在地上躺着、趴着的婴儿。

这是一个“产后健身班”，用于帮助生完孩子的妇女瘦身减肥，有些动作专门针对每天看护孩子造成的腰肩酸痛和不适。申请成功后，政府负担80%的学费。我一边跟着口号蹦，一边盯着对面的女人看。她看起来很淳朴，不知道平时是做什么的。右侧面的年轻女人，带着个刚出生没多久的金发碧眼的胖娃娃，她的脸颊有颗痣，像玛丽莲·梦露。

我每天都忙着申请哈佛的项目，就像着了魔一样，光整理自己的简介就用了好几天。最后我看着自己的简介有些迷茫，这个人真的是我吗？她的前半生简直像部电影，咋演的啊？我看着那一条条简历，完全不觉得这个人是自己。好不容易搞定了简介，在推荐人上面我又犹豫了好几个礼拜。要求上说每个申请者需要提供三个推荐人，推荐人不但要了解申请者的作品和个人生活，还需要有一定的专业水准和社会知名度。问题是满足这几个条件的人都是中国人，他们不会英语。

该找谁呢？真让人头疼。

我想起一个在美国很成功的华裔作家，他的知名度足够了。然而我们并没有私交。我给他写了封邮件，说了一下事情经过，最后提了一句，如果他愿意，可以当我的推荐人吗？他很快回邮件过来，说没有问题，不过最好是找更了解你的人来写。我向他道谢，还是决定不麻烦他了。的确，即使他痛快地答应了，我也觉得自己有点占人家的便宜。

与此同时，我看到一本书，写的正是我感兴趣的题材。这个人是我的同龄人，是位美籍华裔，除了作家以外还是个翻译家。我在他的个人网站上找到了他的邮箱，给他写了封邮件夸奖他的书，并附上一些自己写的诗。

他回信很迅速，感谢我对他的欣赏，同时谢谢我给他看我的作品。犹豫了半天，我还是没有向他提出当推荐人的要求。面对一位陌生的作者，提出这样的要求太无礼了。

那么到底该找谁呢？我多年来的原则是不强求别人的帮忙。哪怕对方对我有利，也不勉强对方，一切推荐必须在对方主动并且心甘情愿的基础上。现在是关键时刻，是我最需要帮助的时刻，但我还是不愿意破坏这条原则。也许在我心里，我是怕让他们失望吧。或许我还不够好，要不然他们早就知道我了。

我还没有写出伟大的、令同行们一见倾心的作品。我还没有写出能配得上我经历的作品，我怎么能够要求别人口吐莲花来赞美我呢？

我跟我妈吵了起来。我指责她没有为我负好责任，让我成长的路崎岖不平。我又提起当初退学的事，我说你知道我为此付出多大的代价吗？我想受教育，我想上学！

你老提过去的事儿干吗呀，这都多少年了。

我气得冲进书房，吃了几粒抗抑郁药，这才稍微平静下来。过了一会儿，我主动进屋跟我妈道歉。

“你这儿这么多双鞋，穿得过来吗？”我妈看着我鞋柜下面的一堆鞋，笑着问我。还没等我回答，她又说，“我听人家说，小时候缺什么长大以后就补什么，我想起你小时候，鞋真的不多……”

“还说呢，”我一下子想起以前的事了，“还记得那个冬天吗？……”

我跟我妈回顾了一下穿鞋的往事，有个冬天，我的鞋开线了，正好那天下雪，我就一路趿拉着回了家。他们正跟厨房包饺子呢，我走进厨房跟他们抱怨鞋，我爸特不耐烦，反倒骂了我一顿。

“妈，别在意，那时候咱家也没什么钱。跟北京开销又大。”

“是啊，可不。”我妈停下做饭，在围裙上擦了擦手，“干什么都需要钱，你爸当时跟我说养我，我就信他了，你看现在怎么样？……”

我们一阵黯然。我妈接着说下去："那时候有你跟你弟两个，又没亲戚帮忙，你爸说养我，正好那时候也赶上下岗，我当时当会计。当时真该让你爸给我找个单位，不管怎么说，有退休金啊。现在一分钱没有。"

"妈……别难过了。谁能想到啊。"

"是啊。"我妈又开始忙活起来，"你可得注意啊，以后自己手里得有俩钱儿。我也担心你，不行以后还是回北京吧，有个照应，回头也找个工作。"

我再也不像几年前，每次谈到找工作我都反感不已，这次我痛快地说："当然了！以后一定会找工作的，你放心吧。"顿了一顿，我又说："不过我也要好好写作，就当个爱好也行。"

"行。"

"妈，你真好。"我跟她撒娇道。

"Chic!"黑保姆来了，她进门后，看见我穿着整齐的毛衣和长裙，赞叹道。

是啊，之前她见到我的时候我往往都穿着睡衣——方便给孩子喂奶。我意识到，她每次都穿得很整洁，那些衣服都不贵，但她很珍惜它们，衣服上没有一道褶，看起来很精干。

我常在想，她的日常生活是什么样的？她很忙，一天要去好几户人家。平时她回到家做什么？有没有爱人和孩子？

“你感觉怎么样？”她问我。

“好一些了。”我说。

“嗯，别忘了最近要去看你的妇科医生，你该去做产后检查了。”

“好的。”

“你妈妈快要走了吧？”

“是的。”

我妈正在客厅抱着馅饼。他们正在互动，我妈在怀里抱着他，馅饼的眼睛里闪着光，咿咿呀呀地像在说话。

“嗯……”她看到这个场景，说，“她会想馅饼的。”她做了个擦眼泪的动作，“我希望你一路顺风，一切都好。”

我帮她把这句话翻译给我妈。

“谢谢谢谢。”我妈说。

时光飞逝啊，我妈在这里待了快三个月了。按照德国政府的规定，探亲以三个月为限。她月底就要走了，也就是在春节前的一个礼拜。想起来我妈要走，我又抑郁起来。与窗外灰白色的天色一样，这几个月已经失去了色彩感。

然而我不再吃那瓶小药丸了，吃过几次后，我发现那瓶药吃了会有轻微的压抑感，它给我一种奇怪的感受，我变得麻木，不再拥有更多的情绪。这让我害怕。我迫不及待地想恢复我的身份。是啊，我是谁呢？我已经快忘了我是谁了。也没有人提醒我我是谁。

每次喂完奶，我妈带着馅饼玩，我就赶紧冲到书房。我翻书，抄古文，写毛笔字。

这种感觉就像重生，你重新感觉到了你的身体，重新学会了表达，重新恢复你的社会角色。我一步一步走得很艰难。像一块一块拼拼图一样，总有些藏在角落里，有时候我急了，只好推翻重来。

“黑保姆”逐渐减少了来家里的频率。从最初的每天一次，到一个礼拜后的两天一次，再到现在的一礼拜一次。她跟我们说要去度假，去南方的山下。在度假期间如果有问题可以找她的同事。不过我们没有找过她的同事，只给她发过几次短信咨询一些常见问题。

“那些移民的朋友，我发现他们都变了！”在柏林一个都是画家、艺术家的聚会上，大家喝着酒，其中一个人感慨道。

“怎么变了？”

“他们不到十点钟就都困了，要睡觉。以前跟国内的时候不这样啊。”

我一愣，随即笑了。这跟我目前的状态很像啊，平时要带孩子，晚上不到九点就困了。今天能出来，完全是因为我妈在，可以帮着带孩子，要不然晚上我都没法出门。

这个上午，我从家到郊区去看望曼丽，她住在郊区，得坐十几站地铁再换公共汽车。车站地上一堆烟头。一眼望去，有大概十几个人在等车，全都身着深色，有几个人在抽烟，地上一堆烟头。我作为唯一一个亚洲人，成功地引起了几双眼睛的注视。

我假装没看到那些好奇的眼神，我的车还有八分钟才到站，我扭过身，把视线移往车站后面小区旁边的那一小块儿绿地。

天色阴沉可怖，更加重了这里毫无生气的事实。绿地上也有不少垃圾，稀稀拉拉的，一栋矮楼属于战后以实用为目的所建设的众多建筑之一，没有任何可看性。楼边一株树开着粉白色的花。这颜色简直要与天气融为一体。似乎春天在这里尚未到来，众人及草木全都要打起精神来面对冬天最后的寒潮。

一辆车来了，呼啦啦几乎所有人都走了。只留下一个男孩依旧在车站前踱步，兴许与我等的是同一辆车。

那男孩一头柔顺的金褐色的短发，皮肤白皙，鼻子挺挺的，显出天真的表情，脸上有一点青春痘，穿一身黑色运动服，挎一个耐克的大运动包。

简直了。这么可爱的男孩在这么一个肮脏的车站。在这么一个底层的地点。我简直在感叹世间不公。

见完得了多样性硬化症的翻译，按原路返回家，我恨不得大哭一场，又哭不出来，只能用洗澡来发泄一下心中的积郁。

我扭头望向窗外，绿叶随风微微颤动，那是隔壁院的铁栅栏上缠着的藤蔓。栅栏上面还搭着几辆儿童玩具车。一朵黄色的水仙开在儿童车的下方。那是一个小型幼儿园。自己院里只有星星点点的绿芽。那是几个礼拜前刘絮帮我种的。她来我家看望我，不出意料，又带来了花种。

我们两个人在午后的院子里翻土、撒种、踩实，最后刘絮又拿着扫把把院子的石砖好好扫了一遍，直到整洁得没有一丝杂物，刘絮才停下。我抽烟，她也要一支，陪我抽。

前几天约在中餐馆吃午饭的时候，大着肚子怀着二胎的刘絮说，吴楠有一天要走，我会舍不得她的。话音刚落，王箐就说，你得让她走，因为你爱她。对，让我走！爱我就让我飞。

我笑着接道，心情却很沉重，自己都不知道能去哪儿，什么时候能走。

吃完饭，时间还早，离接孩子还有段时间，刘絮说到她家喝咖啡。窗外依然是阴沉的天气。刘絮忙叨叨的，带着股温暖，跟我姥姥似的。我问她上次借你那本宫本辉的《避暑地的猫》看完了吗。看完了。她找出来还我。我认真看了。真行，我自己都没仔细看过，竖排版看着累。我本想说一句，你最近有没有想画画的事？但还是忍住了。

我不想再记起任何有关那个郊区的事，哪怕是任何让我联想到那里的事，都被我断然掐灭在头脑中。然而有时候，还是不得不来到这让我想到那个郊区的荒凉之地。

爸爸妈妈去生产
把我送进幼儿园
幼儿园里朋友多
唱歌跳舞真快乐
真快乐！

“1958年的一首歌了。”我妈感慨道。

跟我妈一起，推着婴儿车，带着宝宝去买菜，去购物。两个人在路上也其乐融融。我们专拣有阳光的地方走，当然也不能在阳光下待太久，宝宝怕晒，皮肤太敏感。

“我有点分不清楚绿色和蓝色。”我妈突然说。

“你看那红绿灯是什么颜色？”我们正等着红灯，绿灯亮了。

“蓝的？”我妈疑惑地说。

“绿的呀。”然后我又补充了一句，“是有点偏蓝，但还是绿色。”

我们又接着往前走，我跟她说，“你看路边这个商店的门就是蓝色的。”

“绿色和蓝色在一起的时候我能分清，不过分开的时候就分不清了。”

突然我看见路边一辆自行车，说，“这是什么颜色？”

我妈回头看了一下商店的门，然后说：“蓝色的。”

“对。”

我推着婴儿车，她走在我旁边。诚然，没法进行价值观的对话，可我们在日常生活里相处融洽，彼此说的话都能明白，一点儿也不费劲。

我们去了DM，又去了旁边的二手慈善店，这次我没有挑出什么东西来。这也正常。我在这里挑出一条能穿的好牛仔裤，已经是奇迹了。

慈善店里很热，空气里都是古旧货品的味道，里面的人们都像是流离失所、不得不在这里购物一样。我妈推着婴儿车先出去了，我又转了一圈，才出门。

随后，我们又去了土耳其超市，“这茴香多新鲜！”她啧啧道。

“哎呀，我今天不想吃茴香。”

于是我们买了点别的菜，那一堆牛油果快熟了，捏上去软软的，我就拿了一个。我妈最近爱上了吃牛油果，吃的时候拿着小勺子，把皮舀得干干净净的。

“哇！”黑保姆看见馅饼，“这么大了！真强壮！”这是她最后一次来我们家，至少是规定范围内的最后一次。

她又夸馅饼是个外向、友好的孩子，“他喜欢交流，他肯定会比别的孩子提前说话的。”

她走之前，我开口了，“如果你以后有时间，咱们可以去外面喝杯咖啡或者茶。”刚说完我就意识到她从来没有喝过我的饮料，每次我问她喝什么，她都说“水”。就是水龙头里的自来水。

她沉吟了一下：“如果你需要我，我可以再来家里，也可以给我打电话发短信。我有时间随时过来。”

也许她不愿意出来。这是工作，而非私人关系。但我很想和她保持联络。她是看着我从糟糕的状态里走出来的人。

我给她拿来刚买的巧克力豆，“这是法国产的。”

她拿了一粒。我很高兴。

我拥抱了一下她。

“我很高兴看见现在你感觉好多了。”她说，“你重建了你的生活……我自己都无法想象在别的国家生活……”

“谢谢。都是你的功劳。你和我妈。”

她伸了一下手，“不，不，我能帮助你的能力有限……我很高兴看见你现在的样子。”

我又拥抱了一下她。

我妈在柏林陪了我三个月，今天走了。我没去机场送她，怕自己忍不住哭出来。她在客厅睡过的沙发还没折叠起来，上面堆着孩子的小衣服、小被子和玩具，我仿佛又听见了她哄馅饼时说的：“宝宝，看大象？宝宝喜欢大象。”那是个阿伦同事在我生产前送给馅饼的玩具，一只母大象抱着小象，灰色的，童稚可爱。

真是舍不得我妈走，她走了意味着我也从母爱里暂时离开了，刚开始我还以为我是替她见不着孙子难过，后来我发现我也是因为自己见不到妈妈而难过。

第三章

我们在门口各自抽了一支烟。热浪滚滚。时空都像变形了，我眼前的一切都像罩上了一层纱，模糊、变形，像在看3D电影时没戴3D眼镜。

汗水从我的每个毛孔里争先恐后地涌出来。我比以前要怕热得多。不知道是不是因为刚生完孩子，荷尔蒙还没有恢复原样。以前我没这么怕热，这可是北京啊，北京的夏天是我最熟悉的，以前家里根本没有空调，不也这么过来了？我以前还挺喜欢这种燥热的天气，可以吃西瓜吹电扇，痛痛快快，干燥而彻底。不像上海或者曼谷，那里是湿热，喘气都困难。

我想起那些无聊的夜晚，那时候我们坐在路边看工人正在检修公路，挖土机的声音吱嘎作响。二十四小时的麦当劳里坐着不想回家或者不愿意回家的人。

也许这个世界上有人希望能够创造一种新的相处模式，一种世界上没有的关系。一种能超越目前的男欢女爱的形式的关系，因为没有开始，就没有结束。既能享受美好，又不需要承担人际关系必须承担的责任。

但是这样的关系是否真的存在？如果存在，如何保存？

也许我只是怀念自己曾经的生活方式，也许是欣赏他身处地狱，依然不妥协。有时候又觉得这种想象是对他的升华，真实的他不一定这么纯粹、这么无畏。

创造一种世界上没有过的关系这件事是完全失败了。而且这个想法一提出来我就知道它肯定会失败，只是个早晚问题罢了。

比起创造一种世界上从未有过的关系，创造一种世界上从未有过的生活方式可能更容易实现，毕竟后者只需要自己努力就行了。

“亲爱的，你见过一种想过的生活吗？”

“没有。”

我想起以前有个美国的摄影师朋友，他用来评论我喜欢过的一个人配不上我时说的话，“你是一个作家，他给你写信用的字母居然不分大小写！”

找到了一个朋友，又失去了他。

找到了心灵知己，又失去了他。

我也无能为力。就像同处于地狱，一个人无法拯救另一个人。那可能不是爱，只是一种深切的同情。一种对于同类的同情。

我梦见自己正盯着通讯录发呆，我想给孟醒发条信息，但我很快就要走了，我应该跟他联系吗？这样负责任吗？我内心进行着激烈的斗争，最后我一咬牙，妈的！就联系吧，既然我在北京，他也在北京……正在我准备给他发短信时，我突然意识到，我不在北京，我在国外呀，天哪，我们中间隔着几千公里，而且我对他已经无话可说，我能说什么呢，说什么都是错，所以我在犹豫什么呢？

我一下子醒过来。慢慢睁开眼，是一间狭小的房间，我这才想起来我身在何处。

十二点了。教堂的钟声响起。绵延不绝。我想起上半年的冬天，下午六点时外面黑得像午夜，钟声响起，就像响了一辈子。

每天都掉大量的头发。洗手间、地板上……不知道是因为缺少了阳光，还是缺少了维生素，抑或只是因为失望。

我继续噩梦连连。比回北京前更严重，我陷落在一种巨大的失落中。

有时我乱梦纷纷，比如梦见跟解放军军官约会或者梦到与情人共度一夜。梦醒后我再也想不起他们的面容，却不愿意就此醒来。

我惆怅万分。我这才明白，“直面人生”对我而言也是艰难的。

连哭都哭不出来，似乎一切就只能这样。我多么怀念刚认识他的那段时间，那时候我很容易触景生情，躺在床上眼泪就流出来了，想到什么内心就酸涩得紧皱在一起，麻麻的、酥酥的，眼泪就不受控制地流出来，那些眼泪都是释放，我不知道自己还有这么多泪，就像从前一样。“就像从前一样”，这个句子听起来真像一句歌词。在爱的过程里，我想起了很多事，真的，现在的你是由过去的所有的你组成的。而如果不是因为爱，许多许多过去就让我遗忘了。

我们是半夜开始出发的。有登山经验的向导和带队的队长告诉我们，半夜的天气比较稳定，适宜爬山。在前进的路上我们曾碰到一队外国的登山者，他们用遗憾的语气告诉我们他们的队伍只有一个人登了顶，其他人都因为前一夜下的大雨和大风而放弃了登顶。天气是不可控制的，我们登山的那夜，开始下雪。雪越下越大，它不是片状地落下，而是像冰碴儿一样一阵阵地不间断地落下来。在今冬北京没有看到的雪却在乞力马扎罗看到了，真的给我们呈现了海明威那篇著名的小说《乞力马扎罗的雪》这个美丽的标题。

登山是一项需要集中精力、极其消耗体力，并且需要抛弃一切杂念及琐事的运动。它甚至可以说是一种朝圣行为，毕竟，山就在那里，为什么要爬上顶呢？我们中国一行登山者除了带队的几位非常有登山经验，队长登过三次珠穆朗玛峰，我们几个都没有爬过山，我之前最多就是爬过香山了，那还累得气喘吁吁呢，而这次我们要登的是非洲的最高峰——乞力马扎罗。为了适应海拔高度，我们最终登顶前的这个晚上已经为这座山用了四天时间了，分别都在一、二、三号营地里短暂或是整晚地驻扎过。每天都几乎要走七八个小时，身体也比较疲惫。我们的路线被称为“可口可乐”，顾名思义，是条好走又流行的路线。在4700米高度的营地时，我们都有了轻微的高原发应。头疼，没食欲，只能不断地喝水，喝加糖的水或是朱古力奶，来补充水分和体力。有登山经验的山友都说了，最后一夜是检验我们体力和耐力的时候，是最能看出来身体状态的时候。

只有头灯亮着，映照着雪，还有走路时靴子与雪面发出的摩擦声。我们在凌晨十二点半一路向山顶走着。很快，下面的几支他国登山队也出发了，向下看能看到点点亮着的头灯和一个个蠕动的小黑影。不敢多看，怕身体受不了，更怕一不小心摔倒。我们一步一步慢慢地走着，无法走得像在平地上一样快，要节约体力，登顶至少需要六个小时，更是因为身在高原，容易缺氧，走慢点以保证身体能够适应。我们走半个多小时就在路边短暂地停几分钟用来喝水和调整呼吸。需要上厕所就在路边解决，这里是没有厕所的，就算有也没有走到厕所的体力。在大自然面前，我们也得用最自然的方法来解决生理问题。没什么不好意思的，这几天行进过程中我们都已经习惯了。

最后的半个多小时是最让人产生崩溃感觉的，眼看着山顶就在前方，却怎么也到不了，那时的心情真是痛苦。想放弃，却又不舍得，不知道今生还有没有机会再来，怎么也不能够放弃。想前进，却几乎没有力气，只能在路边再休息一下。队长把他水壶里的水分给我喝，还给我吃了一块饼干，自己却饿着肚子，说是以前有过更艰难的登山时刻。就这样，在队长的带领下，我们一步一步向上爬，最终在早晨六点钟左右，我们终于登了顶。

除队长以外，我是第一个到的，阿伦是第二个。那种感觉真是终生难忘，大雪纷飞，天地茫茫，欲语忘言。我只知道，自己已在非洲之巅。

阿伦没有停下来，他接着向前走。他从书包里掏出一把锁，哆哆嗦嗦地把锁锁在山上。

我目瞪口呆。

那钥匙呢？你要藏起来吗？

不，我要把钥匙扔到山下的印度洋。

我琢磨着阿伦此举的含义，既佩服又感到压力重大。

下山时，阿伦一直走在我身边。我们没怎么说话，体力不允许我们进行无谓的交流。只是下山时我一直憋着气，想起快要登顶前，我的手冷得受不了，向他借手套，他向队长要了一副，结果戴到了自己的手上。

“我也冷。”他后来告诉我，“我的手都要冻掉了。”

我一路憋着气，他走在我身边像个甩不掉的影子。原本的轻松欢快都没了，难不成我跟他以后的生活也会如此？压抑且只能自我解答，除了原谅他别无办法，因为甩不掉。路只有一条，他也没法走别的路。

一路，从大雪纷飞走到阳光和煦，从雪地走到青草萋萋，从山上走到山下。最后几天终于轻松起来，我想通了，不再怪他，一下子就高兴起来。

我睁着眼睛，看着天花板。偶尔有人经过，门前的灯光便会亮起，光线就会透过窗帘上方的缝隙透进来。

我胸口憋闷，胡思乱想着，直到慢慢睡去。

半夜，我又被噩梦惊醒。

尽管孟醒已经消失，但噩梦还存在着。

我想起农村老家，我姥姥姥爷家的葡萄架。每年夏天，绿色的藤蔓间总是挂着串串青紫色的葡萄。院子门前的大树间有一个秋千架，我和妹妹总是在上面荡秋千。我总能想起夏天的阳光，透明而富有穿透力，中午时分变得毒辣，配着阵阵停歇的蝉鸣。月季和蔷薇是我最喜欢的花，因为院子里就种着几大蓬粉红色的蔷薇。

我和姥爷一起去山里捡过柴。是生火做饭用的柴火。

我掐过“辫子”，就是用麦秆编花样儿出来，越长越好，集上有人收，用来做包或者别的东西。

夏夜，我和妈妈还有邻居们躺在村里谁家的门前聊天乘凉，直聊到困了，就睡了。有些人就睡在路边上，有些回家睡。

我和表哥一起去隔壁李家村粘知了。石榴花开得正旺。

我有点喜欢家西头的小哥哥，他比我大一岁，属狗。他妈妈蒸的包子很好吃，有回我去找他，正好他妈妈蒸了包子，他说要给我拿一个，我说好吧。他没想到我这么痛快，用手一点我的脑门，“小馋猫，你呀！”其实我并没有那么想吃，我是不想拒绝他。

我曾给上坡的大人们送过饭。那是傍晚，黄昏，西边一大片彩霞，我提着篮子，里面是给来不及回家吃晚饭的大人们的晚饭。

从家里到坡上得走一阵，小时候没有时间概念，只说几里地。大概二里地。走到村后，过了马路，接着爬坡，路过左手边的池塘，顺着弯弯曲曲的路，也就走到地里了。

那个池塘后来干了，只留下一大块凹地。

我老家的地形算是一半平原一半丘陵，起伏不平。三面环山，另外一面是马路，走出去，走很远，就是大海。

小时候觉得很远很远，后来有了车了，修了路了，只要一个多小时，就能从村里开到海边了。

我九岁时离开村里去北京上学。我上初中的时候，表妹一家从我们家附近的村子搬进了城郊。她管回村叫“回老家”。因此我说的“回老家”指的是从北京回山东，她的“回老家”指的是从那个小城市回村。

我表妹家住得离我们村也大概两里地。我小时候常去他们村，那个村比我们村要穷，路很泥泞。我妹家种了许多果树。我跟着去过他们的菜地，挽着裤腿，吃黄瓜。

我表妹的父亲是我二姨父，他很黑，脸有点长，一口白牙，是电工。

有个片段我始终忘不了，我们坐在表妹家的炕上，黑白电视机里在放《铁道游击队》，帅气的游击队队长唱起“西边的太阳就要落山了，微山湖上静悄悄，弹起我心爱的土琵琶，唱起那动人的歌谣……”革命的乐观和浪漫主义一下子击中了小小的我，我觉得二姨父就像那帅气的游击队队长，乐观且洒脱，我们的生活多么美好！

我坚持写着诗，似乎越痛苦，我写的诗就越多。其实也不全是这么回事，有时候沉溺在痛苦中，也没法写，写作毕竟需要理性。这种时候我就写日记，写下每天的感受。

但日记不能算创作，我唯一能创作的还是诗。

我在朋友圈看到一篇文章，写的是几个我以前的熟人，他们的相处和写诗的过程。

我一下子想起往事。那大概是十五六年前了，时间过得真快呀。文章里写的那些人或多或少与我有过交集，正好是他们相聚的时候我不在，那时候我和其中三个人都搞崩了，正在一个人写小说。而之前有段时间我们真的经常聚在一起，谈恋爱，谈论诗歌，偶尔，只是极其偶尔，才会想一下前途。我们似乎笃信，未来跟现在没什么两样，还是继续现在的生活：和志同道合的人谈恋爱、谈天说地、去外地旅游。其实去外地，也是看望朋友，顺便才看一下风景。如果我们天各一方，熟悉的那些朋友，有一个回了老家上海，有一个现在也在上海住，但他打算移民日本，已经在东京买了房。有一个精神出了问题，在东北。还有一些仍然在北京，做着与当时写诗完全不同的行业。这些人过得不错。我认为他们只是把写诗的力气都用在了挣钱上，结果显而易见地成功。而我不知道为什么，没有办法放弃写作，同时我也不知道如何平衡写作与挣钱二者之间的关系。

我突然很想念他们。我突然想一跃而起，收拾行囊，回中国找他们，聊聊我们共同的过去。

一个群里正在谈论这篇文章，有个人说他当时正好在那个大家聚集的“招待所”，我说我也看了，他加了我，说我们曾经见过几次，我们又聊起来那些人，他说其中一个人当了牧师。这是我之前不知道的，印象里那个人又瘦又高，伶牙俐齿，戴副眼镜，对待诗歌与我们一样，非常真诚，一言不合就容易吵起来。另一个男孩常与他并列出现，他们一胖一瘦，两个人都戴眼镜，胖男孩更喜欢喝酒，最后一次见到他，是在我家的阳台上，他和另一个朋友来找我玩，当时他住在我家旁边的一个胡同的平房里。我们经常会无意中在路上遇到对方。那是一个夏天的下午，我们坐在我家三楼的阳台上，一起喝着啤酒聊着天，一直到夜幕降临。

同类越来越少，我们越来越孤独。想到2010年，才过了几年，就已经恍如隔世。那时候的我们多快乐，志同道合者那么多，大家都过着潇洒的日子，我们没有结婚，没有生孩子，没有买房的烦恼，我们每天想的都是要去看什么演出，今天打扮成什么样，要不要买这本书，跟朋友交流诗歌、小说。经常去外地看朋友。住朋友家，一待就是一礼拜。或者去旅游，有一点旅费就走，从来不考虑太多。有朋友来了北京，就会住我家。我们去吃饭，去看演出，聊文学。总之，这就是我们的生活。我们的生活就是这么纯粹的幸福。我们会因为恋爱而夜而不寐，会因为跟朋友吵架而伤感动情，会为了一场演出欣喜或愤怒，从而在网上写下大量的评论。会因为一个夜晚而发生奇迹。

那些夜晚都闪闪发亮，存在于我们的记忆里。

不知道现在的我们仰望星空时（如果还能看到星星），是否会想起当年的伙伴、当时的自己？

我们会想到有一天我们不得不过着这样压抑的生活吗？我们为什么变成这样？是因为我们过于单纯吗？是因为我们没有在房价还低的时候买房吗？是因为我们过于乐观吗？还是因为我们这一代人是纯粹的牺牲品，无论我们怎么做都要付出出卖灵魂的代价？

我苦苦追问，却得不出一个答案。

李度说他的生意越来越做不下去了，成本高，山寨得厉害，淘宝冲击。没钱是一方面，另一方面是假冒横行。没法干。人与人之间没了信任感了。

我想起那年，大概是2005年，跟兔子吵了架，当天买了一张第二天去青岛的机票，当地朋友开车来接，然后住他家，天天在一起聊天，还培养了同志般的情谊。虽然没有变成男女朋友，但是感情很真挚。

躺在床上手淫的时候，突然想起来大概十几年前，和当时的男朋友（奇怪，男朋友这个词这么奇怪，我们不像是男女朋友关系，倒像是战友）一起，喝多了躺在他家的单人床上。那时候我们还年轻，都在家里住。我们做爱，嬉闹，直到凌晨。那是几几年来着？哦，天哪，2002年……我一下子清醒了，满满的性欲变成了感伤怀旧。我躺在床上，手停止了活动，就像被当场抓住了尴尬难言。那时候我们多快乐啊！军队大院、夏天、青春的我们、志同道合的我们……我多羡慕那时的我！

要是当时嫁给一个军队大院的就好了，离得也近。成长环境也相似。好想嫁一个军官啊！每次我看着隔壁院的小楼，都想着要是嫁给一个高大帅气的军官，不就能住进这楼了吗？如果我们还相爱，那这不就是世界上最完美的事儿吗？不过似乎没有这样的好事儿，这些都是被我想象过滤掉现实后的美好，与真正的现实并不一致。

其实有很多年我们都不再是朋友了，只是在我心里还有种错觉，常常会想起以前我们在一起玩的时候的笑脸，想起我们谈论音乐、诗歌，想起曾共度一段短暂但滋味十足的青春时光。其实这种亲密的友情都是十多年前的事了，我还念念不忘。距上次谈天说地畅所欲言也至少有四五年了。我们早已越走越远，从生活到心灵，从爱好到价值观。所以再见，不再是朋友。我是从那不自然的表情和躲闪的眼神中发现的，沉默下来的时候我们已无话可说——我们的观点基本相左，捍卫的也不是同一类人，我们，已是最熟悉的陌生人。

是出于念旧还是过于天真？我居然直到最后才终于接受：我们不再是朋友。今后也不可能再是。就让我们相忘于江湖吧。“他变了。”这是我最近常听到的一句话。他们用这句话来形容他们曾经的伙伴和战友。他变了。而我还没变。他们都这么跟我说。

然而，没变在一些人看起来也是一种罪过。

国内的几个朋友来了，他们叫我去看演出。

郭静出来接我，我们喝着“自由古巴”，这是个带院子的演出场所，有点像北京的四合院。我以前厌倦了这种看演出的生活方式，如今却又开始渴望回归。想起来最后一次印象深刻的现场还是2012年，和阿伦一起去香港看了Anti-flag。

“哎，这里有个哥们儿很逗，我介绍你们认识一下。”郭静一边说，一边招呼来一个个子不高，看上去很机灵，一直在微笑的男孩。

“我叫小陈。”他说，“在这边上学。”

虽然我来得晚了一点，但也没错过北京来的说唱歌手和在美国长大的华裔摇滚歌手的合唱。我醉眼蒙眬地看着舞台，Amos OZ在《我的米海尔》里写道：“我之所以写下这些是因为我爱的人已经死了。我之所以写下这些是因为我在年轻时浑身充满爱的力量，而今那爱的力量正在死去”。

演出后又待了会儿，我们一起走出酒吧来到街上。柏林的街灯昏黄，映照着马路两侧的绿树，更显得昏暗。与北京朝阳区的白晃晃的灯不同，更不能跟上海的相提并论。这里跟别的大都市不同，这里的灯光无比昏暗，柏林，地下王国的首都，首先就体现在照明上。

来巡演的乐队成员要回他们的住处，他们住在我们共同的一个朋友家里，方向不同。刚在路边站了一会儿，他们就跟同样在路边站着的几个人搭上了话。对方一看就是嬉皮士，说着英语，邀请他们参加一个“私人派对”。

“那我们就跟他们去了啊。”郭静侧过脸跟我说。

“你不是说困了吗？”

“咳，跟这帮兄弟混混呗，以后也见不着了。”

“那……”我看了一眼小陈，他正微笑着瞅着这几个嬉皮士，“你怎么样？”

“我得走了。明天早晨还要帮人搬家。”

我决定跟小陈一起离开。

“多出来混混！”临走前郭静冲我喊道。

我说怎么走？他拿出手机，用谷歌地图查了一下，指了个方向。我们并肩向前走去。从演出的地方，新朋友陪我走了二十分钟去坐夜班公共汽车。我放弃了打Uber的欲望，不如迷路，不如探索。反正清醒的时候我也懒得走错路。

飘着细雨。路过很多大树和草坪。有段路觉得像华尔街。还有一段路像天津。

有点冷。但还好。冷和热都需要体验一下。

“今天晚上很开心。”我说。

“对啊，我也很开心。”小陈说。

我们过马路，穿过一块很大的绿地。绿地的尽头是几幢矮楼，看起来跟北京相似。那这里就是东柏林。与北京不同的是这里没什么高楼大厦，人口密度也很低。有大片的绿地和街心花园，以及给孩子们用的游乐场。

我们穿过一片街心花园。鞋摩擦在沙地上沙沙作响。我说，我想上厕所。

在那一大片绿地和一排灌木丛后面是一棵巨大的树。看起来有上百个年头了。我匆匆跑过去，在树旁，解开牛仔裤的拉锁，蹲下身。我尿了出来，感觉一阵轻松快意。我抬起眼，带着爱意，扫着眼前这绿地和四周。头一回我感觉柏林很好。这个上厕所的地方很好。这个夜晚很好。但也仅仅是好，而非绝妙。

我踏着草地而出，青草在脚下软绵绵的，温柔至极。

没有一个上帝在看着我，也就是说，只有我自己知道自己度过的这些时刻。

出门散步，树叶被风卷到地上，我踩着它们，想到“无边落木萧萧下，不尽长江滚滚来”。

今天宝宝一直在喊“妈妈……”，有时候也叫“爸爸，爸爸……”，他学会的第一个词是“咖啡”，第二个词是“Caesar”。

第四章

2015年2月1日，我们来到了柏林。我们抵达时已经是深夜了。出租车将我们和两只猫一起送到了我们租的房子，一座郊区小屋。

那天我们都很兴奋，没怎么说话就睡了。

第二天白天，阿伦去机场接另一只猫克罗娜。因为运输规定，每人只能带一只宠物坐飞机，所以克罗娜只好由国际宠物动输公司的工人送它去北京机场，我们在柏林这边接收。

当它们终于聚在了柏林，在干净的空气中自由自在地活动，我们都觉得太欣慰了。

很快我就发现，与其说我们住在郊区，不如说我们住在一片像城乡接合部的地方。我们屋子的外墙刷着比向日葵黄还要更深一些的黄色，我不喜欢这颜色，事实证明我越来越反感这种颜色，它简直像精神病院的黄色，或者是麻风病人的黄色。我家的斜对面的路边有一栋鲜蓝色的二层小屋，我的右手边是淡蓝色的，我的右前方那栋是红色的。

这些玩具般的屋子看起来很诡异，里面住着一大家子人，他们基本上都是东欧来的移民。这一小片屋子大概有几十栋吧，如果你站在附近的田野上往这个方向看，你会认为你看到了一片贫民窟。它们色彩不统一，外形各种各样，每家的草地都收拾得极为整齐，草地旁边还种着不同种类的花，房前还会放几把塑料椅子和一张塑料桌，以供天好时聚餐用。

像玩具房一样的廉价房屋，像玩偶娃娃一样的居民。

城铁站的地下通道里，常年有越南裔摆的蔬菜水果摊位。还有几个人在这里兜售走私香烟。我的烟快抽完了，但我没有动过买便宜烟的念头。

阿伦出差不在的晚上，我常常要很久才能睡着，总是担心会不安全。Caesar经常在半夜出门，我还得留意给它开门。

当初选择这里，完全是因为地方大，又因为周边有一大片草地，我希望在这里能跑步。

真住进来，我只是偶尔才去跑步，大部分时间都待在屋里。

那正在柏林最冷的一段时间，经常下雪，偶尔冰雹。

每次从“城里”回来，走在夜色漫布的乡间小路上，总有种疑惑感：这里是哪里？我为什么在这里？

在这东柏林郊区的屋里我却总是想到老家，我二姨家，也就是我妹没结婚前住的那个家。

总是想起上厕所的地方，放手纸的筐里，还放着一本杂志。是本小开本的时尚类杂志，现在已经倒闭了。

阿伦不在的时候，只有猫陪着我。它们充分享受着自由的生活，克罗娜经常在对面的房顶上傲然阔步，Caesar常常去爬树，只有Nunu不怎么出门，它本来就胆小，大部分时间都待在家里，有时候它也会跟着Caesar出门溜达一会儿，往往五分钟以后就回来了。

屋里不让抽烟，我就经常到门口抽。有时候边散步边抽。有时候在一棵树下抽。有时候在草地里抽。

我常在抽烟时听到飞机轰鸣的声音，伴随着我的耳鸣。

有时候我在夜幕降临时，在草丛外面的小道上抽烟，路过牵着狗的人，我会主动说句“Hello”，他们有时候点个头，有时候也会回我一句。

郊外的月亮很大、很亮。清清冷冷的。我走着走着，想起了萧红。她说在日本是她的“黄金时代”，也许这里也是我的吧。又走着走着，想到明天是星期天，超市都不营业，也不知道冰箱里现在还有什么剩菜可以对付一下。

耳鸣逐渐严重起来，阿伦带我去看医生。他说这个医生挺受欢迎，基本不接待陌生病人，是阿伦的大学同学推荐，我们才被接收的。

医生替我检查了一下，说了一个德语词。我用手机上的德语助手一查，是“湿疹”。也不知道是不是这个词。总之我们鸡同鸭讲，这也不重要，只要能治好就行了。耳鸣是因为耳鼓膜破裂，这是医生的原话。我很茫然，我也不知道它是什么时候破的，又是什么原因造成的。

“这是耳鸣引起的另一种病症，发炎了。”他解释道。阿伦替我翻译了一下。他给我开了种药水，让我每天滴两次。

于是我每天就有一段时间要歪着头，耳朵的一侧滴了药水，医生叮嘱说要歪头五分钟，再把药从耳朵里倒出来。

歪着头的时候，几乎什么事都不能做。世界在眼前都是歪的。脖子在歪头时更酸，每当这五分钟过去，把头侧向另一侧让药流出来时，那一瞬间舒服得像天堂。

白天，出太阳时，我和阿伦决定去周围走走，我穿上羽绒服，戴上帽子围巾手套，沿小路走出去。向左拐，便是一望无际的一片田野。间或有些树，它们在冬天掉光了叶子，看上去有种冬天的萧索。阳光透明，空气清澈，云彩在天上移动，我们走在田野的小路上，遇到不少和我们一样穿着防寒服出来散步的人，有些还遛着狗，还有人在跑步。

天太冷了，但热水器里的热水又不够放满整个浴缸。这让我很生气，当初看房的时候，我还问过房东，这个浴缸能用吗，她说能用。

有阳光时，阳光洒满整个客厅，附近悄无声息，安静得只能听见钟表嘀嗒声。

每天我都会走路去超市买菜。这里有一家还不错的连锁超市，里面应有尽有。

又在散步时，发现旁边一个小村庄有一家有机杂货店，卖新鲜的牛奶鸡蛋水果肉类等。

雨后，我就经常去那个小村庄散步。我一个认识的人也没有，一个认识我的人也没有。

自由大学学艺术的网友，把我拉进一个柏林群。里面大部分都是画家和艺术家，还有些常年住在柏林的中国人。有个叫刘絮的女孩主动跟我打招呼，说听说过我。她加了我，我们语音聊起天来。

我一边跟她语音，一边披了件衣服，又拿了根烟走到房外。房东还禁止室内抽烟，因此无论多冷、多晚，只要我想抽烟，都必须走到室外去抽。

对面是一间小小的储物室，同样属于房东一家，墙也是明黄色，在阳光下看起来很刺眼。克罗娜正在房顶上昂首阔步，Caesar跟着我溜出来，在地上打滚儿。

我们一口气聊了二十多分钟，她说她原来也住柏林，现在搬到斯图加特去了，我说我没听说过这地方。就是一个小城市。她说。很无聊的一个小城市。她说兴许还会搬回柏林，到时候可以找我玩。

我说还是等我以后搬进城吧，现在住的地方太远了，一点也不好玩。

她问我为什么选择这里，我说我也没办法，当时是觉得柏林便宜。去美国太难，我又不喜欢伦敦，巴黎我倒喜欢，可是房租太贵，而且我们有三只猫，得住大点的房子。

现在住的地方倒是大，大而无当。我说我家外面有个院子，房东种了点花草，还空出一块来，说给我们种。我又不知道该种啥。

“我给你寄。”她说。

我说我在北京的时候从来没种过花，我就不是那种喜欢侍弄花草的人。

“反正有个地方，阳光又好，能种干吗不种呢。”

黛色的云，犹如中国水墨画。从城铁车厢里看着窗外墨色却柔和的云彩，许多事就像离得很远很远，远到就像是发生在许多年前，甚至像是另一个世界里的事。想起几年前，在兔子家附近开车，路过一条森林旁的小路，金黄的斜阳打在树叶上，又漏到路面，像点点碎金，又美又深沉。再次想起来，竟像在梦中，不像真的经历过。

收到花籽的下午，天极高云极淡，阳光一览无余地照在明黄色木屋前的橘色砖地上。整个客厅也被罩在一股明黄中。我捏着EMS邮袋，上面是尚未谋面，之前素不相识的“刘絮”写的地址，我的手掌感受到了花籽的形状，有些刺刺的，扎着我的手指头。

那几天，许丽的一个姐们儿来柏林出差，她托她来看我。许丽说她给我买了两条中南海，还有云南玫瑰饼和普洱茶。那天阿伦不在，我走路去城铁站接她。阳光无限好，我们坐在院里抽烟。我说这地方养老倒是不错，安静、空气好。我们在屋里坐了一会儿，我又带她到旁边的田野去散步。我们一起抽了不少烟，最后得出一个结论，这里就是养老也不合适，没人一起玩，寂寞得慌。我说我过几个月就会搬进城。她又勾起我对中国的想念。正是春天最美的时候，这季节，应该去苏杭，而不是窝在柏林郊区，连个说话的人都没有。

那晚我梦见了北京，我梦见一条熙熙攘攘的街，有无数行人，是条不太宽的街，不是现实里的北京，而是我梦里的北京。我还梦见我从自己家上了阳台，阳台是红砖盖的，阳光洒在上面，我在晒两条牛仔裤。

我记得很清楚，3月8号那天下午，阿伦的妈妈、妹妹和妹夫来我们家做客。大家坐在客厅的椅子上喝茶，我抱怨这里有些太远了太安静了，他妹妹说她也受不了住在离城里这么远的地方。阿伦有些尴尬，没有说话。“真觉得这里会发生什么杀人案。”他妹开了句玩笑。

“可不？”其实我是后悔了，但是合同已经签下了，我们得在这里住到八月份。

那天傍晚，我们一起离开家，打算进城吃晚餐，Caesar和克罗娜分别向右手边的草丛蹿出去，它们是去玩，我和阿伦已经很习惯它们每天都出门玩几个小时的生活节奏了，所以也就没有管它们，心想等晚上回家的时候，它们也就回来了。Nunu照例待在家里，它是只害羞的、胆小的猫，它只是每天出门呼吸一下新鲜空气，躺在院子里晒太阳，稍有风吹草动，它便躲进家门。

那天晚上，只有Caesar回来了，克罗娜一夜未归。我们并没有太着急，在北京的时候，它也有过晚上不回家的情况，它是只特别聪明的猫，作为它的主人，阿伦为此特别自豪，他经常拿克罗娜会自己开窗户当例子来说明它是三只猫里最聪明的一只。

第二天，它还是没有回来。我有点着急了，催阿伦去找。第三天、第四天，它依然没有回家。我觉得事情有些不对了。它不可能迷路了，也不可能被谁带回了家，它又聪明又大胆，那，到底出什么事了？

我拒绝想象更为严重的可能性。我们写了寻猫启事，上面贴了一张克罗娜的照片，是它在我们新家外面，用脸蹭着墙壁的照片。他把寻猫启事贴在家门口的超市留言板上，也贴在城铁站的地下走道的墙上。

一个星期后，坏消息终于传来了，阿伦在外面工作时，接到一个电话，对方是个女人，说她有天早晨看到一只猫出了车祸，被扔在路边。地址就在我们家超市右边的分岔口上。她在附近一个流浪动物保护机构工作，看见那只猫的时候，她正在上班的路上。据她描述，所有的细节都像是克罗娜。

据柏林的法律，路边发现的没有人认领的没有戴脖圈的死亡的动物会被送到垃圾处理中心。

知道这个消息的当天下午，我去了一趟那条岔路口。那个路标看起来就像是死亡的标志。路边没有任何踪迹。没有血迹。没有什么车祸的迹象。天很冷，我打了个哆嗦，有些恶心。这种恶心的感觉只有在面对痛苦的时候才会降临。我哆哆嗦嗦地回到家，哭了起来。

晚上阿伦去警署了解情况，他回来的时候脚脖子肿了，他说他心里着急，在城铁站下台阶的时候扭伤了脚腕。

“我没有见到它。可能他们把它收走了。”

我无话可说，只好紧紧地搂住阿伦。

阿伦伏在沙发上大哭一场。第二天，他去超市买了一箱“克罗娜”牌啤酒，还去越南人开的店里买了香，在碗里倒上米，插上香，放上那张“寻猫启事”，阿伦每天给克罗娜上香。头七那天，他还去克罗娜出事的路口去烧了纸钱。

“好在还有Nunu。”阿伦这么说。Nunu的身上有克罗娜的血，相当于延续了克罗娜的生命。去年Nunu在北京出车祸时，克罗娜给它输了血。

我不喜欢纪念克罗娜的这些形式，但有天我经过城铁站，猝不及防撞到那张寻找克罗娜的启事时，我心狠狠地抽动了一下。我想把它撕下来，但是没有。

我们住得太远了。当末班城铁结束后，我们只好坐夜班公共汽车回家。凌晨的夜班汽车行驶在柏林的东郊，车上有时候除了我们就没有其他人，有时候外面下着大雪，有时候已经是凌晨天蒙蒙亮了，司机依然准时地把车停靠在每站的站口。这些夜车司机，都是底层的工人，他们基本上拿的都是最低工资，有时候他们把车开得飞快，因为困倦或者心不在焉。克罗娜是不是就是被这样一个司机害死的？它是不是就是死于这样的一辆车下？克罗娜是死于东西德社会矛盾吗？还是死于这一片被遗忘了的贫乏的土地？这就是我们要为自由付出的代价吗？它没有死于北京，却死在了柏林。这太讽刺了，要知道在北京的时候，我经常为它们的生存环境担惊受怕，怕院里的小孩儿欺负它们，怕它们误食了毒药中毒，怕鲁莽的司机轧到它们。当时我家楼上的大妈就有意无意地说过几次要给家旁边洒点耗子药，因为有蟑螂。但它毕竟没有死在北京，而是死在这柏林。

在北京住的时候，我们院儿里有许多流浪猫，我还带其中一两只去看过病，还救过几只小猫。院里有个阿姨每天都在喂这些流浪猫，我走的时候，她还感慨，咱们中国是不行，不懂动物保护。我说阿姨你放心吧，我出国了多学习一下这方面的知识，回头回国一定要好好保护动物。

昨晚我梦见我回到了北京。在夜幕初降的街头，前前后后的人们都在低头走路，空气里不冷不热的，是北京独有的气息。我想，你看，这北京的人就是多，我宁可在这里多看看人。

每天晚上我都会梦见以前的朋友，我的思乡和想家最后上升到了“乡愁”。刚开始我觉得自己“西出阳关无故人”，这还算是比较正常的联想。一个月后，我觉得自己简直是苏武牧羊。这意识形态就是这么升华的。自此我终于明白为什么有些留学生会看那些庸俗不堪的国产电剧视和电视节目了，这些节目里透露出来的世界观是那么熟悉，好坏不管了，反正就是亲。

我甚至不仅仅思念北京，整个中国我都是那么想念，包括我去过的所有的地方，它们都在记忆里召唤着我。天哪，我完全就是一个典型的“独在异乡为异客”啊。与此同时，那些唐诗宋词简直写进了我的灵魂，每句诗都像是诗人前辈们对我的叮咛。而我也再一次感受到，唐诗宋词里的中国是那么美，“月落乌啼霜满天，江枫渔火对愁眠。姑苏城外寒山寺，夜半钟声到客船”，这是典型的中国的美。

有时候我会产生一种荒谬的感觉，我到底在这里干什么？我为什么在这里？

出门闻到了一股清新的泥土味道。下雨了，春天来了。

在浴室准备化妆的时候，瞥到化妆包里的一枚胸针，是胡静在鼓楼东大街的二手店里买的，当时它掉了一颗钻，胡静回家给我补好了才还给我。这胸针与我风格不符合，我从来没戴过。此时看到，心头一热。我的北京东城故事。

没有人和我说话。我想念汉语。没有朋友，没有社会关系，没有处得来的人。生活一片真空。

我发现跟国内朋友语音的时候，我简直兴奋得不得了，话就像可乐一样汩汩往外冒，有时候甚至兴奋得不知道该如何遣词造句。这让我焦虑不已，我的汉语不会已经退步了吧？

什么时候能离开呢？我要给自己一个期限。或许我跟这儿写本书，就可以离开了。

月经一直没来。阿伦出差的时候，我自己去超市买了个测孕棒。坐在洗手间，我等待着结果。结果出来了，是两条红线。我忍着没告诉阿伦，等他回家时，我才把这试纸给他看了。我们去看妇科医生，屏幕上，我的体内，有颗小豆子样的东西，真神奇呀，我想着，感动得热泪盈眶。

医生问我要不要这个孩子，我含糊地说“要”。出门后，我犹豫了，到底要不要呢？这里人生地不熟，多一个孩子该多困难啊。我自己还不知道怎么照顾自己呢。

我陷入纠结。到底要不要这个孩子呢？面对此时的生活，我感到的只有恐惧。对于阿伦，我也有了一种隔膜感。似乎到了国外，我们两个的距离一下子增大了，此前在国内没有出现的问题全出来了。

我的耳鸣愈加严重，严重到白天也能感觉得到。

与此同时，我感觉后背越来越疼。

阿伦带我看医生，那个主治医生英语说得不错，小诊所里人很多，看起来这里挺受欢迎。

他拿起听诊器查了查我的耳朵，又让我躺在床上，按了按我的脊椎。“你的左耳膜破了。脊椎有两节骨头错位。我给你开一个按摩治疗吧。”

带着疑惑，我走出诊所，完全不知道左耳膜是怎么破裂的，也不知道脊椎是怎么错了位。

按摩治疗的地方离我们两站城铁。是在一个密集的商业区的一栋楼里。这里是离我家最近的可以接受按摩的地方了。

下次我们去复诊的时候，医生说我的体温比正常的要高了一点儿。我这才意识到，月经没有来。可能是因为克罗娜的事，让我情绪变化太大，影响了月经。或许过几天它就来了。

没过几天，我突然发现Nunu也消瘦得厉害。当我们注意到Nunu瘦了很多时，它已经茶饭不思好几天了。我们赶紧带它去了附近的医院。做了几乎所有能做的检查，医生确定它并没有得什么致命的感染病，唯一的问题就是它由于不吃饭不喝水已经造成了脂肪肝。

担心这家宠物医院不够靠谱，我们又从网上查到一家离家不太远的医院，说是不太远，也需要换两次城铁，大概要用二十分钟才能到达。

我们把它送到了这家大一点的医院，其间它稍好了一些，我们就把它接回了家。没几天，它又不怎么吃饭了，于是只好又送回医院让护士每天给它喂粮。

那时已经是三月底了。三月底，依然需要穿厚厚的外衣，尽管地上已经冒出了青草，花也开了蓓蕾，但这里的春天，比别的地方更慢一些。连续刮了两天大风，天气也瞬间多变，从早晨起床时的漫天大雪到下午时的短暂晴天，再恢复成阴沉的模样，一天中可以有无数种气候形态。

由于是郊区，进城需要走到城铁站，然后坐上三十分钟到四十分钟不等的时间，这取决于我要到的地方是东柏林还是西柏林。路上的时间成本提高了，这让我更不想出门了。除了周末的二十四小时城铁外，平时城铁只营业到半夜12点，我还曾经有过几次掐着时间回郊区的经历。德国铁路这半年来还经常罢工，我就经历过三次。每次我只能换公共汽车进城，时间成本进一步提高。

不仅是远，更让我难受的是我与这里格格不入。周边有一两家简陋的酒吧和咖啡馆，走出十分钟有一家意大利餐厅，它的质量勉强能吃而已。夜晚这里繁星满天，经常有飞机从头顶飞过，如果是晴天，那就是蓝天白云。这么多蓝天白云送给我，我却觉得没有用。

那天晚上依然狂风大作，我们一起去宠物医院看望Nunu。

那个刮着狂风的夜晚，是我们第二次一起去看它，它被插了鼻管，看起来很可怜，无精打采，萎靡不振，看起来还不如没住院之前精神。我一下子崩溃了，眼泪唰地流了下来，我感到害怕，也觉得非常无助。“可怜的小Nunu，一切都会好的，妈妈帮助你……”我泣不成声，边哭边低声安慰它，边哭边用手抚摩它的下巴和脖子，它轻轻眯着眼睛，发出舒服的呼噜声，听到这声音，我哭得更厉害了。阿伦不得不把我抱进怀里，对我说一切都会好的，让我别这么情绪化。

正在此时，宠物医院夜间值班的医生走过来看情况，吓了我一跳。她瘦得像个厌食症患者，脸比巴掌还小，两条腿在裤管里看起来几乎不存在，都快支撑不住自己的身体了，只有那双蓝色的大眼睛流露出天真和友好。

一下子我就更难受了。她像Nunu的人类版。我打定主意，要把Nunu带回家。

从宠物医院出来，我们心情晦暗，又饿又累。街上几乎没有什么路人，就连汽车也不太多。狂风继续呼啸，地上到处都是被刮下来的树枝。我们就近在土耳其人开的小吃店吃了点简单的东西，就叫了辆出租车。实在没有力气再坐公共汽车了，还是打辆车吧。那个夜晚，我们站在路边，听着响彻在耳边呼呼的风声，看着被风吹得东倒西歪的树，惦记着生病的Nunu，那时我第一次后悔了：我是不是不该来柏林生活？这他妈是图什么啊？！那真是个绝望的夜晚，在好几年内，应该都不会有比那天更让我低落的时刻了。

一到家，我就上网搜索了关于猫因为不吃不喝而生病的信息，其中有个论坛帖子正对我心，这个帖子的主人，也是一只得了同类病症的猫的主人，在她的精心调养下，她的猫恢复了健康。这让我看到了一线希望。我必须拯救它的生命，救它就等于救我自己。一步步向前走，主动把握自己的命运和亲人的命运，也许这就是这段在柏林的生活教给我的生活的意义。我上网买了脂肪肝的特效药，又去另一家宠物医院给它买了专门的猫罐头，每天我们都亲自给它用针管喂水和罐头。

“我想回北京。”我嗫嚅着跟阿伦说。

他没说话。

“我想回北京。”我提高了声调。

他还是没说话。

我气得把门一摔，一个人出门散步去了。去也没地方去，只能去旁边的田野里走走，那荒凉的田野更加剧了我的孤独。

回到家，我旧话重提，阿伦说他不想走，刚刚搬到国外，怎么能因为一点挫折就离开呢。

“我把钱都花完了，现在也没钱搬家。”

我愣在那里，无话可说。因为我也没钱把所有的东西再搬回北京。我们搬家花了好几万块钱，回国租房又要花一笔钱，还要考虑到Nunu的病情，现在确实不能动弹。

“医生不是说了前三个月不能坐飞机吗？”阿伦说。

痛苦、绝望、茫然、释然，每天我都会经历很多种情绪，无数纷扰的心思围绕着我。

地铁里总有乞讨的人，他们都拿着一份无家可归者办的报纸，以卖报纸的形式筹钱。若你不给，也绝不纠缠。他们往往会先大声发表一番演说，然后再走到人们面前。

每天出门的时候，我都会被周围群众们的脸所震惊。他们往往面无表情，无表情中还流露出一种痛苦的、不被满足的，甚至一种深深的绝望感。到底是对什么绝望呢？周围丑陋的房屋？像养老院一样的廉租房？乏善可陈的风景还是他们没有任何奇迹和渴望的生活？都有吧。环顾四周，我也不得不承认他们的绝望有道理。哪里都有中年闰土啊。他们的生活，无非是这样了。资本主义社会上升渠道就那些，他们是没有希望了。不知道生活在这里的人，是不是大部分都靠着救济金过活，还是打着一份体力劳动的工，勉强维持生计呢。

在电影院看电影前，会放一些广告，其中有一个公益广告，讲的是个夜间工作的单身父亲，每天的工作都很疲惫，而在早晨，他又会换上另一份工作，就这么坚持着才能抚养孩子。这是一个关于最低工资的公益广告。

这则广告上的父亲，或许就来自我现在居住的周边这些普通的工人。我是误打误撞住了这里，再待几个月就会搬走。而他们是没有机会搬到别的地方去的，这牵涉到太多东西、太多他们不具备的条件。

真是触目惊心。资本主义社会的残酷性是我搬来德国前并没有亲身体会过的。以前看文学作品里那些穷得叮当响的人，我只关注了他们的心理状态，他们也是小说里的主角或者比较重要的配角，否则作者不会那么细心地描写他们。而在现实生活里，如果你看到，有一大批饿不死，但却活着没意思的人，这又是什么样的生活呢？

我已经有一个月没有拿笔写任何字了。我对自己的放弃是彻底的。洗澡换衣服都是迫不得已，两天一洗，门也两天一出，德语课也不上了。朋友一概不见，邮件几乎不回，基本停止更新微博，朋友圈也保持沉默。最可怕的是有几次我浮现出想自杀的念头。

一个人能把自己逼得多狠？到天涯海角？一个人有多难

才能面对自己？

忘了上次是什么时候我陷入两难。也许是多年以前，和上一个男朋友。我几乎忘记了“活着”的感觉，我也没有了对生活的热情。

我觉得离所有人都特别远。甚至自己离自己都非常远。

我们拜访了一个机构。如果想做流产手术，必须到这里来，和专业的心理医生聊一聊，拿到一个同意手术的单子，才能去找诊所。

“你超负荷了。”之前从没有人这么理解我。我大松了一口气，同时眼泪差点夺眶而出。

“需要我给你开一个条子吗？”

鬼使神差的，我回答：“我再考虑一下。”

街上到处都是孩子，我却不是一个天生的母亲。

阿伦伏在我肩膀上痛哭起来。

周一，我们又去了一次那个机构。医生很迅速地给我开了个条，我可以用这张纸条去做手术。我们立刻赶往一家接受堕胎手术的诊所。男医生肥胖壮实，听了阿伦的解释后，让我躺在病床上，给我做了一个简单的检查。我没有看B超里的画面。

下了病床，他慢条斯理地说孩子已经长得超出了手术要求的大小，不能做手术了。除非去荷兰。

好吧，我说，那我就生吧。

听闻此言，医生的表情似乎一下子就放松了。

这是不是天意呢?

那段时间，我的胃口特别好，就连咸菜都想吃。半夜看古龙小说，都会被里面写的卤牛肉、鸡腿、鸡粥馋得不得了，更别说小面摊上的牛肉面了。

我们去了很多不同的餐厅，大部分水准都不高。有一回，我们一起去看了一部新锐导演的电影。是一部爱情片，整个大厅里只有三个人，开演前导演还和我们亲切对话，问我们哪来的，怎么知道这电影。电影虽有稚嫩的地方，总归让我感动了。晚上，我们一起吃了顿印度咖喱，沿着河边散步，草木已郁郁葱葱、满天的白云就像牧场的天空，河里游荡着白天鹅，河边坐着成双成对的年轻人。这座城市一定有更美的地方待我去发掘，然而它的美属于另一个系统，它不是我熟悉的东方美，它一丝一毫的东方美都不具备。

在酒吧里，我点了一杯无酒精的鸡尾酒。

兴许我是大街上唯一一个伤心人。

我的伤心在我不想属于此时此地。不想在这里被看到。我更无法消失，就此离去。

而当我无法拒绝、改变和后退时，我的心情糟到了极点。

我跟许丽说我怀孕了，她特别高兴，最后又嘱咐，“你别这么郁闷。要是我，在哪儿都能过得风生水起。”听得我火冒三丈。

为了抚慰我，阿伦带我去丽晶酒店喝下午茶。我的肚子已经稍稍能看出模样了，为了安慰自己，我还是穿了黑色的连衣裙和一双高跟鞋。裙子紧绷绷地裹在我身上。

Adlon凯宾斯基热热闹闹，一长桌上坐满了人，都是中老年男女，也只有他们，有钱有时间来这里享受一次漫长的下午茶。

墙上挂着黑白的名流及著名作家的画像，《铁皮鼓》的作者，得过诺贝尔文学奖的赫塔米勒、奥巴马……

与丽晶酒店考究的碟子相比，Adlon的白色盘子有点不起眼。

吃着吃着，我有种羞愧感。我似乎不属于这里，我的确不属于这里，我应该去摇滚俱乐部，我应该去看朋克演出。但那都是我没怀孕前去的，我现在该去哪里？这么一想，我又颓丧下去。

又一起去柏林爱乐。在剧场，我看到了比前几个月加起来还要多的高跟鞋，还有各种各样的首饰。

“要不然你写点吃喝玩乐？写你下午茶就够了……”许丽建议道。

“我写不了。”我断然拒绝。

我想念巴黎。我需要释放。因为怀孕，我们没有坐飞机，而是选择了坐火车。豁出去了，我需要巴黎！

巴黎给了我如梦似幻的四天。但一回来，我更受不了这个郊区了。

“我们能不能搬家？我受不了这里了。”我鼓足勇气旧话重提。

“哦，别闹了。你也不是不知道这里搬家有多困难，需要房东担保……再说咱们八月份就能搬家了啊。”

“可我实在受不了了……”我歇斯底里地哭起来。

阿伦出差了，我需要独自去给Nunu买一种特殊的猫罐头。这个下午，我一个人搭了几站城铁后，换了另一趟车，然后又步行了十几分钟，穿过一座有些年头的小教堂，过了一次马路，这才来到我曾经去过的那家宠物医院。我一路走一路抱怨，这要是在中国就好了，完全可以提前从网上买，根本用不着自己出门嘛，省了多少事儿啊。德国真不像中国那么方便，没有及时迅速的网上购物啊。

那天下午天有些阴沉，气温恐怕不到十五摄氏度，已经五月下旬了，还像早春一样寒冷。我倒是挺喜欢路两边的风景，与我住的四周不同，这里没什么移民，大部分都是德国本地人，这能从他们住的房子看出来，还有些房子外面挂着小幅的德国国旗，这挺不常见的，要知道许多德国人一看到自己国家的国旗就想到那些不光彩的历史。这也从侧面说明了四周居民都是比较中低阶层的人，这里属于东柏林，在整个柏林来说算是便宜的地段，完全不热闹，上下延伸的小路还能看到一小片森林，风吹过还颇有种美感，怪不得有人说过德国的所有魅力都在于德国农村而非城市。

坐在收银台前的男前台穿着短袖的白色工作服，露出两只手臂上的几何形文身。我用德语向他问好，然后换成英文，说我想买一种特殊的罐头。他问我叫什么名字，因为这是种处方类的罐头，必须得有医生的证明才可以。然后从电脑记录里找到了我的名字，我买了六罐，向他道谢后离开。整个购买过程不超过五分钟。

原路返回，此时我更可以再仔细地观察一下周围的环境。一个地方给人带来什么直观的感受完全取决于这个地方的地理结构。怪不得一瞬间我觉得这里很熟悉很亲切，是因为这里起伏的坡度让我想到了旧金山和美国西海岸。当然，只是一瞬间而已。

在城铁站等车时，坐在我旁边的是两个穿着染满颜料的工作服的工人，他们可能是建筑工人或者是装修工人。他们正在吸烟，其中一个人拎着一箱啤酒。香烟加啤酒，这是德国典型工人。我很快就会搬离这里了，从我在这片区域住过的这几个月的经验来说（其实不需要几个月就明白了），不同的地区分为不同的阶级，这可比中国严重多了。如果你住在下层人士居住的区域，你每天看到的就是穿工作服的工人、满地的烟头、肥胖而无奈的中年妇女、染着头发穿着一身廉价服装和旅游鞋的年轻女人……这些人是不可能手里带本书坐地铁的。他们比我更惊讶为什么在这里看见我，因为我们完全不是一类人。

在照顾Nunu和适应新生活的双重夹击下，我的情绪越来越不可自控。

我厌恶这些玩具房一样的房子，我害怕独自一个人睡觉。想起中国，想起北京，我感觉这已经像是上辈子的事了，然而这仅仅是几个月前的事。我从来没有感觉到自己这么孤独，我觉得像被流放在偏远之地，尽管这是我自己做的选择。

阿伦出差的日子里，是我在照顾着Nunu。这不是个愉快的过程，在喂的过程中，还常常会把衣服弄脏。很快，我平时的那些衣服也就不能穿了，它们都在我日益膨胀的身体下，变小了。

有时候我真想一走了之，但我知道这不可能，更不应该。

去年它出了车祸后，骨盆还有些变形，偶尔会便秘，需要定期用通便药。在它脂肪肝的恢复过程中，需要经常用通便药，而这个被我们忽略了。它的病忽好忽坏。有几天它喜欢趴在床上陪我待着，我看书，它趴着。我有时候会抚摩它。有时候Caesar会舔它的毛。它甚至开始自己喝水了，这可是一大进步。有几次它开始出门，虽然仅仅是到外面几米的地方，仅仅是趴在那里晒太阳，我都觉得特别高兴，这是它开始恢复的迹象。

家里有一只得了慢性病的猫，就像有件事一直牵扯着你的精力。为了Nunu，我忍耐着自己想要离开柏林郊区重新回国生活的冲动和渴望，只想让它恢复健康，别的一无所求。

有天我突然发现，Nunu待过的床上有一小片水迹。我趴过去闻了闻，没有太多尿味。我又去看了看我的衣橱，那是它另一个常待的地方，发现都是它尿过的味道。我生气地把它从床上抱下来，扔进书房。从此它再也没有上过床，大部分时间躲在书房的沙发下面，有时候它会睡在阿伦的椅子上。

我很后悔那天一时的粗鲁。后来我才意识到，它已经控制不住它的括约肌了，它那时候已经病得很严重了，然而我们都没有意识到。

大蓬大蓬的草。到处是骑自行车的大人，后面跟着同样骑着自行车戴着头盔的小孩子。我们一前一后地走着，我的全身都像在淌水，脚就像陷进泥地里一样拔不出来。过于明亮的阳光一览无余，我的全身又像是透明的，被阳光晒化了，轻飘飘的，没有血液，也没有重量。

我们坐在公共长椅上，我不知道该说什么。他也没说什么。片刻，我艰难地开口了："我想离开这里。"

"……"

"我不知道以后该怎么办。"

"……我们以后一切都会很好的。"

"住嘴！"我的嘴角一阵抽搐，"怎么会呢？"

恐惧让我不知道该往哪里看，厌恶让我的视线无处可落。在那时候，我清晰地感受到，我不想当自己。我反感他、反感自己、反感这里。我只想逃离。

我们一起，去市里看了几次房。其中一家大楼的门和里面的楼梯都是红色的，木地板，带一个小小的后院，长满杂草，价格只比现在住的贵一点。就这家吧。

坐城铁回郊区，天还是亮的。

从五月份开始，晚上八九点钟天都还是亮的。周围的草木长得郁郁葱葱，几乎就是野蛮了。这里的小雏菊比巴黎的要大上一倍。什么都那么大。那么荒。空有一副好皮囊。夜晚繁星满天，我听到飞机从空中飞过的声音。

那段时间我很抑郁，我们大吵过几次，关于我在哪里生产的问题。阿伦坚持要我在柏林生，而我想到要在陌生的地方生孩子就感到恐惧。我们商量好，要我回国休整一段时间。我出发的那天，他正好从比利时出差回国，我们还可以在柏林机场见一面。

我一个人在家。那天中午，我收拾好行李，叫好出租车，打算喂完Nunu再走。它躲在沙发下面，眼神是我从来没有见过的样子，见我过来，它发出一阵阵低呕的声音，怎么也不肯出来。我把它抱出来，发现它正在口吐白沫。我吓了一跳，赶紧拿手纸蘸了些清水给它擦嘴。它并没有躲避我，只是眼神还是那么绝望。我的心一下子就软了，“Nunu，

Nunu，妈妈要回北京待一阵，你别害怕，爸爸晚上就回家陪你。”我一边轻轻抚摩着它的毛，一边低声安慰它。它依然发出了呼噜声，像在给我回应。

时间快来不及了，出租车快来了。我得走了。我亲了它一口，没敢看它，关上了门。出租车司机正好在路口等着我呢，我上了车，司机帮我把行李放在后备厢，车启动了，东柏林郊区在我身后渐次飞过。

阳光下，我又看到了那一片田野，金灿灿一片，穿着鲜艳衣服的小女孩小男孩由他们的父母陪同着在骑自行车，在玩耍。而我眼眶里回旋着泪水，忍着不让它落下来。

回到北京的第二天下午，我接到了阿伦的电话。他在电话里告诉我，Nunu在宠物医院里去世了。“医生说它最后的样子挺安详的。”他又补充了一句，似乎在安慰我。

我挂了电话冲回屋里就扑在床上哭起来。一直哭到天昏地暗，哭到喘不上气来。想起在柏林机场和阿伦碰头时我还说要让他第二天带Nunu去医院呢，看来还是来不及了。

我可怜的Nunu，妈妈没有照顾好你。我恨我自己，更恨阿伦。要不是他频繁出差，要不是我怀孕，我们肯定能早点发现Nunu的问题，Nunu兴许有被救活的可能。是我们害死了它！可怜的Nunu。如果早知这样，我们就不会带它去国外了。如果早知道它在国外这么担惊受怕，我肯定会把它留在北京的父母家。

我想起来它才四岁，从小就胆小，性格温驯得不行，那双天蓝色的眼睛经常充满着忧伤，高兴的时候还会发出咩咩的声音，像一只小羊羔。我哭得上气不接下气，就像死的是自己一样。

"Nunu变成了小白玫瑰！"

阿伦告诉我，他为Nunu选择了火葬，它的一半骨灰埋在我们曾经住过的郊区院里的一丛白色玫瑰花下，和克罗娜的灵魂做伴，另一半埋在我们新家后院的树旁。我泣不成声。

我感觉北京离我已经相当远了，我能记起来的最后的美好，是2010年以前的北京。北京蓝天白云，就连我弟都说，这几天天气不错，你真幸运。又连着好几天晴天。可能我已经被在柏林的无污染的天气惯坏了，我完全没有把这蓝天白云放在心上。然后就是接连几天的高温天气加霾。

我参加了一个诗歌活动，在单向街书店，花家地，见到许多老朋友。那天闷热，我身体有点不舒服，没和大家吃晚饭就走了。

基本上我每天到晚上才出门，约个Uber去市里见朋友，吃饭或者去咖啡馆。Uber是新鲜事物，我走之前没有，夏天在巴黎的时候，朋友叫过一次。没想到这么快北京也有了。

许丽约我去她家旁边的“双城咖啡”，她说这里有全北京最好吃的杏仁奶酪。她一见我，就盯着我端详了一会儿，“还行，颜还在。”

我们走在路灯下，想起那首歌《路灯下的小姑娘》。“一转眼，你也要当妈了，岁月啊！”她大声感慨着。

生日那天，我一个当戏剧导演的朋友请我去“蓬蒿剧场”看演出，是萧红丈夫端木写的一场戏《雪夜》。

我妈陪我去301做产检。我们在大堂等了三十分钟，到处都是挺着大肚子的女人，大部分都是她们的妈妈陪着，要不然就是她们的丈夫。因为没有建卡，没办法看B超，医生只听了听胎儿的心跳。“挺好的。没什么问题。”那个肤色白皙相貌端正的女医生对我说。

我稍微放下心来。谢过她，我们又回到了家。

我上网查了查，发现如果要想在北京生孩子，只能去私立医院，私立医院都比较贵，剖腹产的套餐要六万块钱。我已经花光了积蓄，也不想花我妈的钱。

我重新回到了柏林。阿伦来机场接我，我们直接回到了市区刚搬的家里。我的书房放着一张坚实而漂亮的实木书桌，上面是一台二十世纪二十年代造型的台灯。这是阿伦给我买的生日礼物。

这天晚上，我躺在新家的床垫上，突然想起来了Nunu。

“我想Nunu。”说着眼泪就流出来了。他没说话，只是用胳膊抱紧了我，然后说，别痛苦了，你要这么想，Nunu现在不疼了。可是Nunu好可怜啊。我说。他对此也没有异议，只是说，Nunu也享受过许多美好时光。我想起它那双无怨的、温驯的天蓝色的眼睛，又哭了起来。

我们仅剩下的一只猫，我的猫，Caesar，它蹲在床垫前方，正看着哭泣的我。走到院里，我看了看那株小树。这就是那棵埋Nunu的树。

我们睡在床垫上是因为搬家花了很多钱，还没有钱买床。睡觉时我只能向左侧躺着，否则就喘不过来气。翻身起床越来越困难，半夜上厕所也只好侧着起床。

我的身体一天天沉重起来。我感觉自己像一头大象，沉重又威严。有时候宝宝会在肚子里动弹几下，用他的小脚踢我。感觉很奇妙。有时候我又感觉我的精神与肉体分离，两者没什么共同点，没有一点关系。

我既期待又害怕生产的过程。我就快要负担不起自己沉重的身体和灵魂了。

我的皮肤也变得敏感不堪，我去商场里买了最贵的擦脸油，也仅仅只能做到让它不变得更糟。我已经没有钱再买别的东西，即使买了也穿不进去。

洗衣机也没有钱买，好的洗衣机要一千欧元，用我妈的话说是“贱是贵，省是费”，洗衣机这样的东西还是要一步到位。但阿伦说他妈有一台不用的洗衣机可以送给我们，包括一些以前的老家具。我跟他说洗衣机这样的家电，不能搬运，容易坏。他不听我的。

每次都攒一堆衣服、床单被罩和其他纺织品，搬到我们的瑞莫瓦旅行箱里，大概两礼拜一次，由阿伦带去公共洗衣房里洗。那是投币式洗衣机，我只在台湾旅行的时候用过，烘干的时候毁掉了我一条牛仔裤。

"为什么这被罩这么脏？"我问阿伦。

我冲到衣柜前检查上次去公共洗衣房带回来的衣服，才发现它们上面都沾满了毛絮。

"可能是烘干机的滤网没有换。"

我扯下被罩，幸好衣柜里还有存货。睡觉的时候，也只好穿着睡衣睡，没办法再裸睡了。如此换了两次，直到没有可以换的床单被罩为止。好在枕套很多，不用发愁。

"焦虑"，我写下这个题目，然后写了几句诗，但没有办法接着写下去。抑郁堵住我的喉咙，让我吐不出一句话来。

我坐在床上看一本短篇小说集

完全看不下去

瞥见我的脚趾上的指甲油已经斑驳

窗外在酝酿一场雨

世界犹如静止了

唯独胎儿在生长

洗衣机终于同其他家具一起送到了。工人们叮叮当当忙了一上午，安好了。首先洗的就是一套床品，啊，我太想睡干净的床单了。你猜怎么着？洗到一半，发现漏水了。原来是在运输的过程中，洗衣机被碰坏了。

这真是太棒了。一台不能用的洗衣机。

我们继续洗完了那些床品，我把它们晾起来。阿伦到洗手间，拍下洗衣机损坏处的照片，发给了搬家公司。我们给它拔下了电插头。

可以买台新的洗衣机了吗？我问他。

“攒钱！”

阿伦从网上查到了我的德语翻译曼丽的联系方式，我打算去看看她。已经来德国这么长时间了，还没有见任何一个与我工作相关的人，实在是我自己过得太糟糕了，没办法跟人正常交流，更没办法跟写作相关的人交流。打通了她的电话，是一个护士接的，曼丽接过电话，说她很高兴能见到我。我按网上的地址，找到她的家，在楼下却怎么也找不到她的姓名牌。焦急中，我打电话给阿伦，他也不知道怎么回事，这时候，手机突然没电了。我没办法，只好又回了家。

到家后，阿伦给曼丽又打了一次电话，原来她搬家了，网上的地址还没来得及更改。今天还去吗？我有点犹豫。去吧！阿伦说。你该见见她，我给你叫辆出租车。

我喝了口水，又出了门。出租车司机跟我说，这里是郊区，地址没错吧？我说没错。

车开向北边，越开越荒凉，周边都是些低矮的房屋，在阴沉的天气下显得死气沉沉，毫无生气。

车停在路边。这是一家疗养院。几栋白色的低层建筑，走上三楼，我呼吸还很急促。定了定心，我按了门铃。

门开了。曼丽在门口接我，她坐在轮椅上。旁边是一个年轻的小护士，我有些惊慌，没有想到曼丽病得这么严重。我掩饰住面部表情，与曼丽握了个手，然后跟着她进了她的书房兼会客室。

桌子上放着一杯热气腾腾的绿茶。一看就是刚泡的。两个苹果，一个橘子。整间屋子没有什么多余的陈设，像是仓促间刚搬进来的。问过才知道，生了病以后，曼丽把几乎所有的东西都卖了，然后搬进了这里。她有没有什么其他亲人？有没有结过婚？有孩子吗？我没敢问，也没好意思问。

她的头发已经花白了，剪得短短的，不知道是生了病以后剪的还是以前就是短发。她的眼睛依然睿智，反应也很快，只是说话比较困难，发音模糊，听起来很费劲。我跟她聊着聊着，眼睛就转向窗外，这是一大片落地窗，可惜窗外并没有什么风景，阴暗低沉的云压在天空，已是深秋，树木落光了叶子，枝干光秃秃的，视野不远处是条高速公路，如果是晴天，如果是春天……我忍不住浮想联翩，如果曼丽没有生病，如果她还是个健康的人，那么……

"你要生孩子了？"曼丽问。

"对。要个男孩。"我说。

"太好了。"她说。

我从包里掏出一本小说，"这是我的书，送给你。"

曼丽仔仔细细地看着封面，又打开看了看内文。“真对不起，我现在眼睛不好了，没有办法再做翻译了。我真高兴你还在继续写作，这是我之前没有想到的。”

我谦虚了几句。我们沉默下来，我喝了几口茶，向她告别。

临走前，她期待地跟我说，希望我下次接着来看她。我说没问题。

走出这座疗养院，步行走到公共汽车站，搭公共汽车换地铁，用了四十分钟，我回到家。到家后第一件事就是赶紧去洗个热水澡。想到曼丽，我心里就像压着块铅。

她真够惨的。怎么就生了这样的病。同时我也觉得自己运气不够好。曼丽是我在柏林认识的唯一一个能帮助我事业的人，但她自己都照顾不了自己了。

真像个隐喻。也许真是来错了地方。柏林不是我该来的地方。我该去纽约。或者巴黎。哪怕哪儿都不去，待在北京也行。

阿伦要到哥本哈根工作一礼拜，我不想一个人留在家里，也跟他一起去了。

“你别老想中国农村，你想中国农村，中国农村想你吗？”

半夜我上厕所，看见手机里这条信息，是许丽发的，她还发了一长条。“你这样真的会让许多人跟你失联，或许你不在意，但你会发现，真的会有许多人不愿意再联系你，负能量你懂吗？你现在特别负能量。”

“你过得不好，但为什么要让别人知道？”

“我操……”我站着说了这么一句。

迅速上完厕所，我在洗手间里捏着手机打算给她回一条。

“这跟中国农村有什么关系啊，我就是觉得北欧文明程度高，再说了，这几天我挺高兴的，没不高兴啊……”

我过得好不好，跟别人有什么关系啊？再说了，过得不好又怎么了？非得过得好吗？非得装好吗？非得低调地不说吗？

“你要再不出书，年轻一代都不知道你是谁了……”她又发来一条。

我不在乎别人忘了我。我在心里说。又有点惆怅，唉，我明明有那么多感受，怎么就写不出来呢。

刚把那条发过去，她又给我转了个“丁玲：中国最作的文艺女青年”，这帖子我前几天刚看过。我这次直接就把她拉黑了。

“太他妈牛逼了。”我嘟囔了一句。

我对这个世界有义务吗？我的才华必须表达吗？以前我风华正茂的时候他们喜欢过我吗？我为什么要在乎这些该死的陌生人，这些吸血鬼，这些以为花钱买了本书就对我有要求的人？甚至于他们根本没有花钱买过我的书，他们只是道听途说或者从网上看的。

翻来覆去睡不着，越想越生气。许丽这几年越来越庸俗了，她只愿意看见“正能量”，不愿意看“负能量”，她原来跟她老公吵架的时候，我们说过她负能量吗？再说了，人只能有正能量不能有负能量吗？还是她觉得我丢人了，觉得我不够让她去炫耀的了。太虚伪了。

算了，爱谁谁吧。拉黑拉倒。

第二天，我没忍住，跟胡晴说了一下许丽的事。胡晴说她知道了，许丽跟她说了。

“我也喜欢北欧，第一次去的时候我都震惊了。太先进了，而且那么美。我比较理解你，我们都在国外生活过，知道中国和国外发达国家的差距。你也是为了中国好，她不理解。不过你别太生她气，她真是为你好，可能她不会表达不会说话。她给我发微信的时候我能感觉出来，她没有恶意，她就是担心你，觉得你最近过得不太好，怕你郁闷。结果让你更郁闷了。过几天你再给她拉回来吧。”

第二天是周六，阿伦说晚上九点才能结束工作，他找了个朋友陪我，是新加坡人，女的，在这边工作。我本想拒绝，后来一想，自己待着也无聊，就说让她和我一起喝咖啡吧。下午睡醒后，我一个人出了酒店，来到旁边街上的一家咖啡馆，这家咖啡馆在出租车上我看到时就很喜欢，窗明几净，窗户正对着街道，可以看人来人往。我点了杯拿铁和一碗热汤，坐在窗前等那位陌生的女人。即使怀孕后，我也每天都会喝一杯咖啡。一杯足矣。妇科医生说每天喝一杯咖啡没有影响。

她肤色略黑，一头长发，看起来像北方游牧民族，更往北一点，冰天雪地的那种北。她说不爱喝咖啡，点了杯茶。我们没什么隔阂，先是用英语说了几句话，后来就换成了汉语。

我兴致勃勃地跟她说这里真美，她却说不喜欢这里。

“我觉得这里不是我的家。我融入不了。”她倒实在，一股脑地告诉我她来哥本哈根已经五年了，结婚生子工作，到现在也喜欢不起来。

这多像我对柏林的感觉呀，原来每个人都会有个地方融入不了，都会有个地方不喜欢，哪怕这里再好，也感觉不到。

看她有点饿，我也没吃饱，我就建议她去酒店旁边的一家中餐馆吃饭。这里中午客人不多，只有几位顾客正在吃中午的套餐。和他们不同，我们可是亚洲人。我们分别点了好几种菜，包括点心，我又点了昨天晚上喝过的皮蛋瘦肉粥，味道真不错，很正宗，比柏林强多了。当然价钱也不便宜，好在这里的餐馆都可以刷卡，不像柏林，很多餐馆只收现金。呼啦啦吃完，抚着肚皮心满意足，她看起来也舒服多了。

她走了以后，我打算继续逛逛。冬天的北欧天黑得很早，刚刚五点就亮起了路灯。商业街上的人川流不息，餐厅里亮着灯、点着蜡烛、铺着餐布，一派殷实富足的派头。我慢慢走着，打算走到大商场逛逛。

“Excuse me？”

是叫我吗？我迟疑地停下脚步。

一个男人从身后走到我眼前，我诧异地盯着他。“你好！我跟了你好几条街了，我想告诉你，你真可爱（lovely）……”他用英语说道。

“孤独？（lonely？）”我疑惑地说，心想这都被看出来了？

“不，是可爱。”他笑着纠正我。

“哦……”我自己也笑了。

“你真的很可爱。”他又赞美道。

在这句赞美面前，我放松了心情，他说想和我喝一杯，或许是灯光不够明亮，或许是我的背影还算苗条，他跟我搭讪前肯定没有看出来我在怀孕。

你是日本人吗？他问我。

不，不，我笑了，我不是日本人。我是中国人。

我向他道谢，说想自己走走。边说我就边拐上了另一条小街。

这真是个可爱的城市。我一边回味着刚才的巧遇，一边加快了脚步。

商场里灯火通明，许多人正在为迎接圣诞节的到来而采购。我漫无目的地逛着，与蓝眼睛金头发的当地人擦肩而过，或许我刚才应该答应那个陌生人的邀约，与他喝一杯？

我们去看了小美人鱼。在一片冬天的海域前面，一个玲珑的小美人鱼坐落在海边。游客们纷纷前往与它合影，我等了半天，终于也轮上了。

我与许丽又和好了。她主动加回了我，跟我说，“我错了。你抽我吧。”

还没等我回复，她又发了一条，“你就是家国情怀。大爱。”

“我是。”

“我不行，我就喜欢小情小爱。”

“我也喜欢。”

“快生了吧？预产期是哪天？”

“下礼拜。”

“都准备好了吗？别紧张。你妈来了吧？”

“对。放心吧。”

“真的，当时你出国的时候，我就跟你说，就两件事重要，一是生个孩子，二是写本小说。现在你真的要生孩子了。你也要当妈了。”

“我早就是妈了，我是猫妈，Caesar他妈。”

“不一样，真的。不一样的。你这几天好好休息，等生了孩子才累呢。”

第五章

汽配厂在镇上，中午我会找我妈吃午饭，她在那里当会计。白菜炖肉，肉很少，一大盘菜里才有几块肉。好吃，不知道为什么，食堂的饭就是香。

那时候大家都知道我爸爸在北京，我也从来没觉得少点什么。我有这么多姨，还有舅舅，还有很多姑姑，还有我妹妹，还有我妈妈，还有这么多小伙伴儿，我觉得太幸福了，什么也不缺。

我跟着配件厂几个出差的男人，坐着他们开的卡车一路往北京走。我在车上吐过无数次。有时候车一开我就开始吐。开车的司机并没有怪我。后来我就坐到卡车后面，坐着坐着，我抓着扶手站了起来，风吹着我枯干发黄的头发，我看着眼前的城市、乡村和晚霞，自由自在，我忘了我要去哪儿，也不知道身处何处，只知道我在路上，在奔赴我的新家、我的命运。

我看过了远处的地平线、陌生城市的早霞，住在给出差的人提供吃饭住宿的简陋旅馆，我们一起吃晚饭，是香喷喷热乎乎的鸡蛋挂面。晚上大家都睡在一个大间，一人一张床。

终于到了北京。我妈见着我，看了我半天，拉过我的手："怎么这么瘦，手上也没什么肉……"

"手上能有什么肉啊……"我那时候还小，已经懂得活跃气氛了。

我妈听了一下子哭了，她把我搂进怀里，我还有点不好意思。

送孩子去托儿所、接孩子、做饭、换尿布、洗衣服、陪孩子玩、在晚上哄孩子入睡……无休止地循环。阿伦经常出差，他不在的时候我只好一个人照顾孩子。我没有时间写小说，更没法集中精力。我只顾得上眼下的生活，就连明天都不敢考虑。

有时候躺在宝宝的房间等他睡着的时候，我听到自己的耳鸣，“嗡嗡嗡”的。我没法当一个传统意义上的“好妈妈”，我常想消失。有时候我在儿童游乐区看到那些和我一样面色疲惫、神情恍惚的妈妈，我都想走过去轻轻地问她们一句：你们累吗？

我是怎样一步一步走到这一步的？完全丧失了自我、没有挣钱的能力、孤独而贫困。像在岛上。像关在监狱。连读“文革”上山下乡的文章，我都有强烈的情感共鸣。我同样是被“流放”到了一个边远的地方，同样隔绝了我熟悉的文化，同样身负重担，每日辛苦工作而不得。但又不能离开，我若离开，阿伦一个人照顾不了孩子，他需要经常出差，出差的时候没人看孩子。他又不想跟我回国，所以我只好在这里。

我对自己产生了越来越强的怀疑。

我变得一无所有，银行卡里本来就没什么钱，这两年还欠了几万块，想写的小说也常常写不下去，低落时就会想到张爱玲或者那些在国外混得不好的人，兴奋时又会找一些在国外历经千辛万苦成功了的例子，我的情绪就在这两种状态里摇摆。有段时间他建议我看心理医生，我也的确看了，生完孩子我吃了一个月的抗抑郁药，现在我跟一个正常人没什么区别。前途未卜，我们的爱情也找不到方向。

有时候我会想起来在北京的那些绝望的夜晚。我穿戴整齐去院里跑步，只有流浪猫和院里的摄像头看到我在一圈圈地跑步。有时候看门的老头儿也在，他走出保安亭抽烟时会冲我点一下头，或者跟我说两句话。

那时候我靠跑步来释放我的负能量。

还有一些雾霾的晚上，我在家憋得要死，忍不住出门散步。迷迷蒙蒙的橘黄色路灯光线中，看到街心花园的长椅上，坐着老大爷，听着戏曲或者评书。没有人能够交流，一个也没有。也许更年老的更痛苦，他们除了埋头听收音机以外没有事可做，也完全没有人在乎他们的内心感受。

我想再买一张床或者沙发，我渴望偶尔有些夜晚能在床上看看书再睡，就像我以前一样。阿伦从二手网上查了信息，我们约好去卖主家看二手沙发。那是个非常乏味的区，所有的楼房都长得一模一样，比北京的某些建筑群还要丑陋。

借此进入了一个土耳其女人的家，庸常又温馨，满眼都是便宜货，毫无特色随处可见的白色镂空窗帘，墙上挂着许多照片，他们在上面都咧嘴大笑，看起来很幸福。

那张沙发我们最终还是没有买，因为它底座那里塌了。

从她家出来，我哈哈大笑。风卷着落叶，秋天在这里太漫长了。

阿伦在的时候，我轻松很多。首先就是可以躺床上睡觉了。

但即使这样，也仅仅是“生活”，没有一点超脱生活的地方。

他带着孩子，我独自去了游泳馆游泳。户外有个小的游泳池，我突然想过去看看，就游了过去。外面天色阴沉，池中的水却很温暖。我一边仰泳，一边看着天空。

中秋节。我对阿伦说，我想出门散散步。他点点头。馅饼已经睡着了，家里得有人看着。

我裹着厚厚的大衣，朝着游泳池的方向走去。那里有个大的公园，可以看到月亮。

可能只有中国人，才会特意在这一天，出门看月亮。

得去亚超买块月饼，五仁的我就满足了。

“秋风秋风轻轻吹，棉花姐姐咧呀咧开嘴……”

哄孩子睡觉的时候，我情不自禁地哼出来一首小学时候的歌。如果不是小学，就是初中。后面几句我记不住了，就记得“啊，秋天多么美……”这首歌真是又美又惆怅啊。人的记忆真是顽固，这么多年没有唱过，甚至没有再听到过它，一有符合它的情境时，就自动浮现出来了。同时我的脑海中还浮现出初二时简陋的教学楼，因为装修，我们从干净整洁又优美的教学楼里搬出来，搬到一座像危楼一样的楼里上课。只持续了一学期，但那楼道里阴沉沉的气氛，却一直挥之不去。这首歌的歌词我忘了一大半，连音乐老师的相貌也记不清了，只有它的旋律还牢牢锁在我的记忆里，我一下子飞到了中国，飞到了北京，飞到了我的青春时期，我的少女时期。无论身心，我似乎都已经不在这间暗暗的小屋里，而是回到了某个曾经熟悉又远离的时空中。

时光似乎在按某种轨迹轮回着，一种令我怅然的轨迹，一种我无法控制的轨迹。

“什么时候你回北京，可以顺道来我们这里玩玩，吃住包我身上。”严亮说。

“好啊好啊。可是不知道什么时候。”

严亮是我老乡，专写小说不写诗，还特别勤奋，一本小说一本小说地出，一跃成为近年来炙手可热的青年作家。我出国这几年常听到他的名字，还经常在朋友圈看见有人转发他的短篇小说。我打开看过，写的都是小镇生活，都是些无业或底层人士的生活。文风是我比较熟悉的那种，能看出来读过很多先锋文学。通过我一个诗友的作家朋友，我们互相加了微信。我们一加上对方，就开始聊文学，他发来几篇他的小说。我看了，崩溃了。比我现在写得好。而且他写起来似乎一点不费劲，要不然怎么能一本接一本地出呢？太气人了。

这几年我没怎么写小说，尤其是没写长篇小说，这让我在他面前有点抬不起头来。

我说想去大学上课，阿伦帮我查到Postdam大学有些英文课程，允许旁听，只要教授同意即可。我报了两节课，一星期可以去上两次课。我需要拿到教授签名同意的证明，再去教导处盖个章，这才算是正式旁听。

我太紧张了，去找“图解美国历史”的教授签字时，才发现我比和他预约的时间早到了一天。这一趟算是白跑了。

十月的Postdam秋意已深。我无意欣赏和浏览风景，赶紧坐火车换地铁又赶回了家。

第二天我又去了一次，找到了教授，让他签名，以为会有一场对话，其实特简单，他就是问“有什么可以帮你的吗”然后给我签了字，一分钟就完事了。

他还说你可能要去找人盖章之类的，我说还有一个教授没有签字呢。

后来我就坐车去商场买了把雨伞，在红色和蓝色之间我选了半天，最后选了红色。又去另一家店买了白色的高领毛衣，在一家加州的快时尚店买了一条睡裤。我还喝了一杯名为“Green power”的果汁和一杯“爱因斯坦”咖啡馆分店的咖啡。

终于把一系列手续办完，坐在教室里，我这才松了一口气。我没有和任何一位同学成为朋友，也许是因为每堂课大家都是来了就走，也许是因为我仅仅是个旁听生，和别人平时见面的机会太少。或者是我亚洲人的外表，又不懂德语。还有可能是我太拘紧。反正，一有时间，我就去上课，我不想放过这仅有的与人接触和逃离现实生活的机会。哪怕用三个小时来回浪费在路上，仅仅上一个半小时的课，我也觉得值得。每次我都要坐地铁换火车才能到学校，有时候还需要坐公共汽车。冬天的天空往往是铁灰色，经常会下雨夹雪。上完课回柏林的车上挤满了回城的学生和白领，只能站着。

就这样，我还不一定能上着。这两堂课是下午的，如果阿伦出差，我只能找人看馅饼，要不然就只能放弃上课，自己在家看着。

有个小保姆在英国住过一段时间，她很喜欢馅饼，第一次来的时候，她迟到了十分钟，我没提这茬儿。第二次，她又迟到了十分钟，一进门，我就对她说，你迟到了十分钟。她吓了一跳，忙道歉。我面色和缓下来，说没关系，下次不要这样了。

她白天有份全职的保姆工作，只有休息的时候才有时间接些散活，那回要上课的时候她没时间，我想起小陈，临时问他有没有空帮我看一下孩子，他居然同意了。回家时，我看到小陈累得够呛，馅饼正坐在床上玩我的胸罩。

我向他道谢，他说，我发现你们家有“权力斗争”，他指了指馅饼和Caesar。他们总是处于竞争状态，都想引起我的注意。我说你真聪明，一下子就看出来了。

我也不好意思总找小陈，当我有课，阿伦出差，小保姆又没空时，我只好联系了看猫的阿姨。她是我们从网上找来的，她大概四十五岁，以前在美国住过几年，英语说得还不错，比一般德国人要爱说话，起码比我接触到的德国人爱说，可能这是她在美国生活过的影响吧。

那天是她第一次看馅饼，我让她去托儿所接馅饼，再看三个小时，这样我可以从容一点坐车回家。怕她找不到路，阿伦在短信里详细地告诉了她地址。结果那天我上完课回家的时候，收到阿伦的信息，说看猫阿姨接孩子接晚了半个小时。我有点郁闷，那不耽误托儿所大妈开车回家了嘛。也该着了，我回来的时候，发现阿姨不在客厅，馅饼一个人在地上爬，满脸哭意，我赶紧把他抱起来。走到里屋才发现，她在院里，不知道是在抽烟还是在干吗，她看见我一惊，我反而有点不好意思了，觉得吓人一跳。

我跟她提了一句，你今天接孩子接晚了。她立刻警觉起来，“对不起，我没找到地方，那里有好几家托儿所……”我也没再说什么。气氛一下子尴尬了。我说你一天挺累的吧？孩子挺累人的。她说是啊，用手扶了扶腰，“我腰不好，他很沉……”

“真不好意思，不好意思。”轮到我说不好意思了。

“哦，你在哪里上学？”她换了个话题。

“在Postdam，我坐火车去。”我说。

“我学十七世纪英国诗歌和图解美国历史。”我又说。

她眼睛一亮，随即又黯淡下去了。“不容易啊，虽然是用英语教的。”

“不容易。”我重复道。

“Caesar真的很可爱，像一只小熊猫，黑色加白色，小小的，可能因为它是从中国来的……”她又拿Caesar打趣。我笑了几下，走过去拍了拍Caesar。这个比喻上次见面的时候她就说过一遍。现在我又累又饿，确实也懒得再说更多话了。

“一共是九十五吧。”我记得阿伦跟我说过，是九十五块钱。我拿出钱包，那里有几张二十元、十元的票子，是阿伦走之前取给我的。我数了一百元给她，钱包一下子就空了。

“四次看猫，每次十五，加上今天三小时，一共是一百零五。”她盯着我。

我一愣，想了一下，确实如此，可见是阿伦记错了。

“不好意思。”我又取了五欧元出来，现在钱包里只剩下一些零散的硬币和几块钱的纸币了。幸好刚才没去咖啡馆买东西，我暗自庆幸。

她向我说谢谢，我也向她说谢谢，然后她就走了。

我跟阿伦通电话时说不打算再找她看馅饼了。她看猫还可以，看孩子没什么经验。更重要的是，我感觉跟她沟通有点困难。也许问题出在我身上，我不知道如何跟她像一个主顾一样沟通。从年纪来讲，我给她打工还差不多。不知道她平时喝不喝酒，我感觉她那天的眼神有点不对劲。

幸运的是，过了几天，对门的邻居主动说他们想养猫，可以在我们不在家的时候免费看猫。对门的邻居是两个小年轻，男的在酒吧当酒保，女的不知道干什么的，他们白天经常不在家，我常替他们收快递。这样，我们又解决了一个大问题，完全可以不再找这个看猫阿姨了。

看孩子的小保姆固定下来了两个人，年纪都很轻，才二十出头。其中一个有些害羞，刚从巴厘岛度假回来，她正在考瑜伽证，以后想当瑜伽老师；还有一个比她壮实，说一口美式英语。

我体会到了去听课的快乐。每次我都需要十二点二十就从家里出门，听完课回到家已经六点多了。我经常坐错车，有时候下早了，有时候坐反了方向。有很多单词我听不懂，就先记在笔记本上，等回到家有时间再查。我喜欢坐火车去上课的过程，车上都是学生或者偏知识分子的人，也有很多是上班族，与我在柏林地铁里看到的那些不知道干吗的人完全不同。

班上的女孩比男孩多多了，很多女孩都很漂亮，各有特色，我想她们大多都是德国人吧。可惜我没有交上什么朋友，也许就是因为我是异国他乡来的，也许因为我害羞。

我的钱包里经常没钱，有时候连买一杯咖啡的钱都没有。经常为了买一块我喜欢的蛋糕而翻遍所有的包，有时候也凑不够钱。

如果有钱，我就买一些漂亮的东西，比如鲜花、比如丝袜、比如我最爱的熏香蜡烛。这让我感觉好过一点。

一天就像一礼拜，既漫长又短暂。什么时候我才能回中国生活？

我和阿伦因为春节回不回北京的事吵了好几天，最终也没得出来一个结论。他希望待十天，他年后有个工作在欧洲，早就安排好了，必须得回来。再加上元宵节前两天是他的四十岁生日，他想一块儿过。我想多待几天，十天太短了，还不够调整时差的呢。几个月没回北京了，最近我妈视频话里话外都说想孩子，怎么着也得待一个月啊，但阿伦肯定不同意。大老远的，回去一趟不容易，再加上机票也挺贵。

“你想让我四十岁生日一个人过吗？”阿伦躺到床上的

时候凄凄哀哀地说。

我一愣。的确，我们多待一个星期，他就得自己过生日了。四十岁生日，是个事儿。

“我还记得你那年过生日，在鼓楼咱们家，后来半夜，大家都上了屋顶……”阿伦回忆道。

那天一定很快乐。只是我想不起来，那是几岁的生日了。

似乎曾经对我的爱全变成了对孩子的爱，一滴不剩。其实也不能全怪他，早在结婚时，我们双方的感情态度就不一样。那时候，阿伦追我追得很厉害，所有见过阿伦的人都跟我说，他太爱你了，你看他看你的眼神！

阿伦眯着眼，困倦极了。忙了一天的他已经顾不上现在正在谈论的话题了。但谈话还在继续，“去年一年，我都没有回过北京……”

“你以为我不想回北京吗？我待了十三年，那里也是我的城市……”

“你可算了吧……”

“算什么啊，那里也有我的朋友……”

“你不想回北京生活。”

这次他又闭上了嘴。

“其实刚搬到柏林这个城市，我就后悔了。”我想起那时候我闹着要回北京，想起接下来无休止的争吵，从孩子在哪里出生到该上什么户口，所有的问题我们都吵过，最终是我妥协了。我不想再打扰他，就回到了自己的房间。

我听着《阿里郎》，泪流满面。这首歌太哀怨动人了，它的前奏一起，我就忍不住泪水了。这朝鲜民族是多么爱他们的国家啊，尽管他们的国家比起美国和中国来说，小得可怜。一想到有那么多人和自己亲人相隔无法见面，我的泪流得更凶了。而我是多么想我自己的国家想我自己的文化啊。我又重新看了一遍2008年北京奥运会的开幕式，隔着屏幕我都能听出播音员的喜悦和自豪，带着一种梦想成真的幸福感。摇着扇子的来宾，让我再一次感受到了那天北京夏天的火热气氛。

这并没有让我有哭的欲望，只是让我感慨时光飞逝，倏然之间，我已不再是少年。

而身在万里之外，除了从电脑里看看这些旧影像，我完全无法触摸到中国，没有办法实实在在地踏上中国的土地，甚至没法闻一闻北京备受污染的空气。

没想到，就在这几天，国内有一个诗歌活动邀请我回国，因为我这一年疯狂地写诗并且写得还不错，我得了一个“年度诗人奖”，诗歌活动可以给我报销机票。我喜出望外，毫不犹豫答应了。阿伦答应我让我带孩子先回国，过一礼拜他去接我们。

没想到，这么快就有了回国的机会。我没和孟醒联系，我们早就不再联系了。他消失在我的世界里，没有再出现。有些人你一旦把他们拉黑，他们就再也不会出现，甚至不会从你朋友的嘴里和他们的生活里出现，就像一滴水一样蒸发得无影无踪，要不是记忆还顽固地保持着，要不是还有那些上传到iCloud里的照片，你甚至怀疑这一切是否出自自己的幻觉。

为了省点钱，我打算坐大巴回家。我后面的一对青年男女正在聊天，从他们的对话里我听出他们是大学同学，估计正处在恋爱前的互相喜欢中。我一边看着窗外的风景一边听着他们的对话，他们的聊天虽然幼稚不堪，却也让人羡慕，我听着听着就发起了呆。车到站了，我拎着箱子下车，站在路边等出租车。一阵寒风吹过，我眼睛都快睁不开了。路边是几天前的残雪，还没彻底融化。

“开我东阁门，坐我西阁床，脱我战时袍，著我旧时裳。”

我像一个大病初愈或是重见光明的盲人，抑或是战争幸存者，看待周遭事物又有了新的视角。

一觉醒来，我发现比起柏林的家，我父母家的小屋太破旧了。早就该装修，一直没钱装，洗手间的瓷砖都裂了，洗澡时发现喷头堵住了，洗完澡到客厅抬头一看，钟没了。原来是坏掉了，还没买新的。马桶的按钮也不好用，经常漏水。我妈不好意思地喃喃道：“一直没换，是该换了。”

回到自己的屋子，想看本书，发现所有的书都堆到了阳台，阳台堆得满满的，找什么都找不着。

如果还住在鼓楼就好了……刚一冒出这念头，我就想起几个朋友已经搬到了五环，还有几个已经出国了，比如Wave，还有一些网上的朋友。唯有许丽因为家里的房买得早而能从容地待在二环里，躲过了这一劫。

清晨我就醒了。一眼看到窗外的阳光。很长时间没有看到华北平原的日出了。这才是我熟悉的北京的样子，也是我喜欢的记忆里它最美好的样子。我起身去厨房烧了热水，把咖啡壶拿了出来，泡上一壶咖啡。又选了一个好看的杯子，这还是出国前买的。坐在阳台上，我一边喝咖啡一边看日出，感觉自己历尽沧桑，像再世为人。

然而我比起出国前是不是更迷茫了？我多了什么，又少了什么？北京是不是变了，不再是我以前熟悉的北京了？

第三天半夜，我在床上翻来覆去睡不着，满脑子都是各式各样的早点。我想醒了以后去吃顿早餐，又不知道从哪里找饭馆信息，三里屯离我家太远了，我从网页上输入“在北京最值得吃早餐的十家餐馆”几个字，点进去一看，几乎都在南城，还有些得排队。想起另外一家餐馆有“鸡丝馄饨”，一查地址，也挺远。干脆去家旁边吃点包子油条吧。

想着想着，我迷迷糊糊地睡着了。

终于睡醒了。我起床、泡咖啡、换衣服。一整套流程下来，我已经饥肠辘辘了。

出门前，我用“滴滴打车”约了辆车，估摸着司机快到了，我们才下楼。一下楼就差点让风吹了个跟头，好冷啊。站在大门口，手机响了，司机说他到了，已经进院了。我说我根本没看见您啊。又通了几次电话，我才确定，原来我输错了地址。我一不留神只写了街道名，恰好几条街外有另外一个院以街道名命名，司机跑那儿去了。风呼呼地吹，我觉得腿凉飕飕的，心里暗暗叫苦，连狗都穿上了防寒服，我却没有穿秋裤。

司机到了，笑呵呵地让我们上车。阳光很好，今天路上人依然不多。餐馆很近，到路口才发现它居然停业了。我们只好去了另一家老式国营饭馆。

多少年没来这里了，依然是过去的样子，时光在这里像静止了。点餐在柜台，自己端进去吃。没有卤煮，我们点了两份豆腐脑、两个油饼和一碗豆腐。

宽大的饭厅光线充足，一面墙开了窗采光透气，墙壁已落了灰，便宜的老式桌椅，零散地坐着几个老头儿，还有个老太太坐在一隅，穿着毛背心，头发已花白。就在我们坐下来的同时，又进来几个妙龄外地女子，应该都是在周围上班的。其实以前我们也很少来这样的地方吃早点，一是没时间，基本都跟家吃；二是这地方太破，以前我也不稀罕来。

“太咸了。”我妈说。

“我觉得也是。”我也说。

“一会儿吃完饭咱们去旁边逛逛超市吧？”

“行，你有什么要买的吗？”

“看看吧。想买瓶有机牛奶。”

我们一边吃饭，一边说到了现在的房价，又说到了老家。前一阵我妈刚回过我们老家，回去看姥爷。家里人都挺好。我妈说她最多跟老家住两星期，多了受不了，洗澡什么的都不方便。她说想卖掉前几年在老家买的房，因为那个楼盘一直不通暖气，听说那个村的村支书一直就没下令说安暖气。冬天住在里面受不了。若是一年就回几次老家，住几个礼拜，倒是用不着那房子。但北京又时常雾霾，终究得有个退路。不行就卖了它再买个好点儿的。说着我们都有点儿发愁。

“咱们再买个挂钟吧。”我想起来家里的钟坏了的事了。

我们起身，去商场。才九点钟，别的店铺还关着，只有地下的超市灯火通明。“想吃什么菜？我给你做。”我妈说。

我看着那些水果和蔬菜，说我想吃点儿外国没有的。我说我打算少吃肉了，吃肉太多不好。我们买了瓶进口牛奶，没看见卖钟的。路过日用品区，我看着秋裤，说今天真应该穿秋裤出来。我妈惊讶地说你怎么能不穿秋裤呢？怪不得你刚才那么冷。我们结账出来，我说要不然一会儿再去旁边的商场逛逛？时间还早，我们就在门口的面包房买了杯蜂蜜柚子茶坐了下来。服务员手脚麻利地给我泡了茶，就是那种大罐子的、从韩国进口的柚子茶。这真是亚洲特色，在柏林也只有在少数一些韩国餐厅才卖这种茶，大部分时候在外面我都喝红茶。

北京冬天的阳光是蜂蜜色的，金黄的。我们舒舒服服地坐在窗外晒太阳喝茶。以前我和我妈很少有这样的时候，能一起说些家常话，能一起出来逛街。

又说起秋裤，我妈说："要不然我在这里等你，你去把秋裤买了？"

我犹豫了一下："好吧。"

我冲进超市，把秋裤买了，又跑到洗手间把秋裤换上，顿时像换了个人，充满了安全感。

有了秋裤，我什么也不怕了。我们边走边点评着北京，都说北京太破了。

"脏乱差。"

"在北京没法儿精致。"

"你这次还不错，空气好。过几天就又要雾霾。这一礼拜四五天雾霾。"

"好在有太阳啊这次，有太阳就好。你也知道柏林，一年到头没什么太阳，太难受了。"

我妈节俭惯了，这也不舍得买，那也不舍得花。最后我只买了一件衣服和一件打底吊带。

我们在超市里的小杂货摊上买了挂钟和淋浴喷头，又买了些其他日用品，我妈跟人家讨价还价，便宜了几块钱。在门口，我又买了个煎饼和两个炸油饼。在报摊买了两本我爱看的杂志，这是我以前的爱好，爱买杂志。我妈说她觉得不值。路过花店，我顺手又买了两枝百合。

“这花虽然俗，但放在客厅也是可以的。”我像是自言自语，又像是说服她。

“最近就把马桶换了吧，”我想出一个理由，“马桶漏水，对风水不好，等于漏财。”

没有钱出门，我就待在自己的小屋里，跟阳台找出几本书，外面寒风呼啸。管它呢，此时我是幸福的、踏实的。

我到客厅喝粥时，我妈突然跟我说了个让我震惊的消息。

“你楼上的刘叔叔自杀了。”我妈仿佛像随口提到“菜涨价了”一样提到这个消息，“就前几个月，你在德国的时候，那天我正好在家，听得‘哐’的一声，好多人都听到了。听说是从十楼跳下来的……”

“怎么会这样……”我有点回不过神来。

“听说是什么，抑郁症。”我妈又感慨道，“现在得抑郁症的人怎么这么多啊……”

“可能是心里不痛快吧，”我说，“真没想到，刘叔叔居然跳楼了……”

印象里他高大帅气，当然，这是小时候给我留下来的印象，浓眉大眼，说话和气，穿一身军装，他们的女儿长得很像他。他妻子也很能干，属于自强不息的那种，到处找工作、打工，努力把孩子培养成才。比起温柔却没什么野心的我妈，实在更像一位言传身教的“虎妈”。

“可不说呢。”

“妈！我想回北京，我太郁闷了，要不然我也跳楼。”

“说什么呢这孩子，你就不能想点儿好的！”我妈嗔怪着，换了话题，“对了前几天我也在路上碰着你张叔叔了，就是对门院儿的，原来当兵那个。你张叔叔也是个怪人，以前转业后下海挣钱，没挣着什么钱，后来又出家了，现在听说又倒腾什么产业……”

“都是神人。”我本来想急，但还是笑着接道，“他是神叨叨的。”

我们又聊了一会儿张叔叔的女儿张嫒，也是我小学同学，说起她多么懂事，从小就成熟，帮着她妈干活什么的。

“你还记得吧？有年夏天，她妈去了外地，她爸不在家，张嫒跟咱们家吃了一个月的饭。”

我想了一会儿，“不记得了。就记得以前你做了什么好吃的，我都会叫她来，我觉得她太可怜了，家里没什么吃的，就记得她从小就自己做饭。”

“可不，唉，这叫穷人的孩子早当家。”我妈转身又进了厨房。

我在路上看见了发小张嫒，她正骑着电动车带着孩子，我给她发了条短信。

“啊，是我，我刚才送孩子去幼儿园。”不一会儿，张嫒就给我回了过来。

“来我家玩儿吗？有咖啡。”

“好啊。等我十五分钟。”她也痛快。

我赶紧去厨房烧水，跟我妈说一会儿张嫒要来。我妈说好，来吧，也好久没见她了。

张嫒像小时候一样，盘腿坐在我的床上。我的屋里的确

“可能一会儿地球就爆炸了，那我要去火星。”他喃喃自语。

我被谁讲的笑话逗乐了。正在笑着，对面坐着的朋友看着我们说：“吴宁爱你！”

“对，他爱我。”我说。

我瞥了他一眼，他肯定知道我们说的“爱”不是“爱情”的“爱”。

饭后，我们说再去坐坐，发小开车，我们去了附近的商场的一家连锁店。刚看见这家店的时候，我很惊讶这儿居然也开了家分店，以前我常去三里屯的那家。我和发小坐一边，吴宁坐我们对面。他说明年又会出新诗集，还有一本小说加随笔集。我说你出得真勤。他说没有，以前一本书都没出过。我说正好，一下子出好几本。

“前几天我去看了一部电影，我哭了，坐在观众席里，哭了十分钟。眼泪没有控制住，自己往下流。我真希望能碰到我的欣赏者……”

“哭了十分钟？”我诧异道，“什么电影能让你哭十分钟啊。”

“哈哈。”他笑。

“我觉得还是要写大题材。这是麦克斯·珀金斯说的。”吴宁说。

“你把这句话送给我吧。”停了片刻，我又自我解嘲道，“送给我也没用，我写的都是小题材，我也写不了什么大题材。”

我说你陪我去厕所吧。上完厕所，在厕所门口，我们聊到小说，我把最近看的小说都跟他介绍了个遍。我发现我说得语无伦次，这是不是在外国生活的后遗症？我话都说不利落了。

“在异国他乡，没有汉语环境，我埋头在家写作简直就是闭门造车。我不知道该向谁倾诉这种苦恼，就上网查了许多华裔作家们的简历。他们并未给我带来启发，只是让我更沮丧:为什么他们就能用汉语或者英语写作，并且得到认可，而我不行？直到有一天，我看到一位著名华裔女作家的文章，是用英语写的，我查字典看完的，用了好几天。她写到她与母语之间的纠葛，与父母、祖国、妹妹、英语创作之间说不清道不明的复杂关系。读完这篇文章我半天回不过神，若不是看了它，我也不会知道她居然两次自杀未遂。要不是看到这篇文章，我一直觉得她过得挺不错的。”

“哦。”吴宁沉默着。

“我现在还能跟你说着母语，咱们还能用汉语写作，求仁得仁，夫复何求啊？”我突然意识到了幸福，“要不然咱们再去看一遍那电影吧，我请客。”

“不行啊……我老婆让我一礼拜出去玩一次，这礼拜我已经出去两次了。我得回家了。”

没办法，发小开车，我们送他回家。车走的是三环，路过八一电影制片厂时，吴宁小声地说，其实他觉得自己是电影里的人物，如果旁边有个摄像机就好了。他的声音很小，“我经常表演一个作家的生活，出门就是为了让大家看看作家。”

“你怎么跟我似的啊，我以前也这样。”我笑，“不过我们还有不同的地方，我已经很久没觉得自己是个作家了。而且我今天跟你说了很多话，比我半年说的话都多。”

他坐在前排默默地听着。我接着说，“其实我觉得还有很多话我们没有说完，只能说到哪儿算哪儿了。”

“求求你们帮我一个忙，在一个湖边把我杀掉。”吴宁又开口了。

“我帮不了这个忙，这太可怕了。”我笑，“你太文艺腔了，生活在一种电影般的超现实幻觉里。”

看着他消失在黑暗中，发小说，这哥们儿不错。

“要不然咱们去看吧？”我提议道。

在电影开演前的五分钟我们到了电影院，结果由于没人看，这场电影取消了。

我能搞得定忧伤，但我搞不定孤独。

吴宁的问题是忧伤，他能搞定孤独。

所以我们的问题是不一样的，我们也没办法替对方解决问题。我们只能自己面对我们的孤独和忧伤。

说起来，我们的忧伤全是现实问题。每一个都难以解决。或者活着就是在解决问题，但每个问题都难以解决。若想解决，非得伤筋动骨不可。也没什么更好的解决问题的办法了。我发现我们比起二十世纪三十年代的中国作家，也没进步多少，依然困在家庭和社会的问题中间，动弹不得。

我去曾经住过的胡同找胡晴。吃了两块她从巴黎带回来的点心和布鲁塞尔的巧克力。我送给她从柏林买的一些日用品，她送给我从巴黎买的一瓶玫瑰爽肤水和一瓶杏仁味的淋浴液。“我不要了吧。”

“拿着吧。”

“多沉啊。”

“不沉。你不想拿回柏林就放北京家里。”

我想了想，说：“好。”

她又像想到了什么，转身从冰箱里取出一瓶豆腐乳，“你把这个也拿走吧，特好吃，我特意跟网上买的，你跟德国煮了粥可以蘸着吃。”

我本来不想带回柏林，太沉了，但必须带回去，这不仅仅是什么玫瑰水淋浴液，这是友情的见证。

咖啡已经喝完了，我只好去家旁边的连锁咖啡店买了一袋咖啡粉，味道一般，也没什么别的选择。夜里坐地铁的时候，我疲惫不堪，没有人值得我对视他们的眼睛。想起柏林，居然有瞬间的想念。似乎在柏林的生活才是“确定”的，在北京则是有朋友来占满我的内心，我意识到，我已经不再是真的在北京生活了。

深圳。

上一次见阿强，是我出国以前，也是在深圳。那天晚上，阿强非要让我下来聊天，他喝多了。我下来了，陪他坐了一会儿。那天他净说傻话，我说要上去睡觉了，他问我能不能拥抱他一下，我怀着壮烈牺牲的心态说当然可以。

搂着他的时候，听到他剧烈的心跳声。高耸入云的椰子树，飘浮在深蓝色天空的白云，不冷不热的风，这些场景多适合一场爱情啊，哪怕不是爱情，哪怕只是一段激情，哪怕只是一夜情，都是非常美好的。如果我再年轻几岁，我愿意陪他多待一段时间。一瞬间我有点羡慕他。独自走上楼，我又有些释然。

直到这次诗会，我们又见面了。这次就像老朋友，他已经搬回了老家的小镇，这次是坐了十个小时的汽车赶过来的。也就中国这些朋友，能坐十个小时的长途汽车来看一个人，然后再坐十个小时的长途汽车赶回去。或许我们这些中国的朋友，多的就是时间。也或者不是时间多，而是都寂寞，都想找一个合适的人来打发寂寞。找一个合适的人说说话，找一个懂你的人说说苦，其实比什么都难。

和活动人员吃过饭后，我和阿强溜走了。他说要带我去唱卡拉OK。

“哈哈，还行。北京的卡拉OK都倒闭了，没想到这里居然还在，而且还这么火。”

“是啊，我们这里太落伍了，周末有时候都排不上呢。”

果不其然，我们打车去了一家，结果房间都满了，我们只好换了一家。

“这首歌是献给你的。”阿强举着麦克风，面对着屏幕，看起来有点紧张，是首张国荣的粤语歌。

“我真的很少听张国荣。”

“我是在南方小镇上长大的，从小就唱这些歌，是不是特别土？”

“没有没有。”

“愿我可再多活一次，我都盼面前仍是你，我要他生都有今生的暖意。没什么能给你，但求凭这阙歌……暂别今天的你，但求凭我爱火……”

热烈的南国小镇、热烈的九十年代、一个聪明的有语言天才的男孩。多情的九十年代、多情的粤语歌。阿强的生活，与我是多么不同啊。听着听着，我忍不住流泪了。小包厢里就我们两个人，只有服务员偶尔会透过猫眼看看里面发生了什么。

阿强装作没看见，只是举起酒瓶与我干杯。

“落寞寂寞的一个夜晚，重投平凡再见梦幻。但愿是潇洒告别，休说可归返……”

“其实这句是最好的，‘一切请珍惜，一切将吹散……’”

我出去上厕所，就在旁边。那天晚上我似乎去了很多次洗手间。

我想起了许多个前天、昨天、今天。最沉重的是我的明天。我想起来许多往事，我想起来那些青春年少的夜晚。我想起来我爱过的一些人，还有爱过我的一些人。我想起北京昏黄的路灯下，我和孟醒的亲吻；我想起大雪覆地的时候，我和阿伦出门散步，我在雪地上写上我爸爸的名字，低声哼着一首韩国歌曲，来自那时我在首尔买的一张当地摇滚乐队的CD，“他为我遮风挡雨，我为他取了两个字的名字‘爸爸’”；我想起兔子的笑容；我想起缪缪亮闪闪的眼睛；我想起我和李灵曾在一个小镇一前一后地走路，互相整理对方的面膜，去陌生的酒吧喝酒。

我想到这么多，这个夜晚就一定会闪闪发光。

以前我的生命有太多欢乐，现在却太少。

“姐，你以后还是回北京吧。”我弟的发小来我家做客，临走时突然对我说了这么一句。

“好。我答应你。”我百感交集。

Wave也回北京了，我们约在母校的正门口见面。学校曾经简朴大方的正门早已不复存在，取而代之的是现代化却毫无特色的铝合金门和几栋高大的教学楼及员工宿舍楼。

“我已经工作一年了。”他告诉我，到了加拿大后他就改了专业，学计算机编程，毕业后找了一份工作。

“我那时候就想尽快经济独立，不想老花家里人和老婆家的钱了。”Wave的外表依然像一个喜欢漫画的小男孩，跟我以前认识的他一模一样。

“你还喜欢北京吗？”我问他。

“我感觉我回不来了。”他犹豫了一会儿，这么回答我。

“怎么回不来了？”

“北京现在的房价太高了，我肯定买不起，又不能住在家里。我受不了这里了，虽然我也不喜欢加拿大。你看我身边那些混得比较好的朋友，都是家里有好几套房的，他们当然不用担心了。”

“我也不知道我以后该怎么办，”我跟他坦言，“我想回北京，但也买不起房，我还有个孩子，也不知道以后上学怎么办，要不要办什么各种证儿，我跟以前的朋友也有些隔膜，北京也越来越没意思了。”

“如果我是你，我就专心学英语，别学什么德语法语浪费时间了。只有英语是最有用的，我们已经没有时间浪费了。可能跟你比起来，我比较悲观，我总觉得我们这一代人是牺牲品，是失败者，我们活着太艰难了，没有精力和时间浪费在爱好上了。”Wave盯着眼前的茶杯，像是积攒了已久的发泄，一口气说了出来。

我一时哑口无言。

“以后有机会，我想去美国。”他又说，“对了，兔子怎么样，你见他了吗？”

我简单地跟他讲了讲我和兔子的情况。他听了没说什么话。

“我想回北京。”我简直像个祥林嫂，一直重复着同样的话。

“我也经常想北京……可是没办法。”Wave抬头望着天花板，“过一天算一天吧。我也不敢想以后。”

我们这一代人是不是牺牲品？我们这一代人的失败……我们的确是失败的啊。至少我是失败的。我一直想走一条新的路，一条别人没有走过的路，一条与家庭束缚决裂的路。但是我失败了。我的失败是必然的吗？还是因为我做错了几个关键的选择？我做错了选择也是一种必然吧？我的前面没有任何榜样，也没有任何人指引我前进的道路，我只能凭直觉慢慢摸索，直到走进了隧道。我想起海涛曾经带我下过的煤矿，那里黑漆漆一片，呼吸都那么困难。我那时候哪知道现实世界里也有“煤矿”呢。

在首都机场候机时，我突然想给吴宁打个电话，这是我能想起来的唯一一个我能说说话的人。但我不知道他会不会在电话那头语塞起来，于是我给他发了几条短信。没什么具体意思，就是想说说话。

我坐了一整天的长途飞机。在飞机上我很平静。对接下来的生活既没有绝望也没有更多期待。从飞机上就能看到柏林阳光灿烂，在下午五点钟还有这样的阳光，我也只能说是春天到了，作为像黑龙江漠河一样的纬度，这样的阳光在冬天太不常见。所以说已经是春天了。

下飞机排队入海关的人很多，队伍龟速往前挪着，身后的大妈一直在嘟囔着抱怨着，大妈的老公，一个瘦瘦的老头儿，不时地安慰着她。偶尔有人插队，引起被插队者的不满。在我前面是一对来出差的情侣，女孩长头发，涂了红嘴唇，穿着一双黑色高跟鞋。那个男的头发快要秃了。轮到我时，我已经累得快说不出话，只冲着那个看着年纪很轻、还稍带稚气的海关警察说了声你好。他仔细检查着我的护照和证件，又翻了翻我旧护照上的签证页。

一出海关，我的眼睛就在寻找着他们。他们像是一下子蹦到我视线里的。阿伦抱着我们的孩子，我赶快走过去抱过他。阿伦递过来一枝玫瑰。群众都在冲我们笑。

我和小陈去跳过一次舞，我们约好晚上十一点钟，在东柏林的华沙街城铁站见。冬夜的火车站依然有很多人，他们打扮入时，一看就是呼朋唤友去开心的。我站在桥上，等着小陈。从高处看，纵横交错的铁轨铺向远方，展示着无比巨大而刚硬的力量。

这里是我记忆深刻的地方。去年的冬天，我不常在这里转车吗？那时候我辗转在这座桥上桥下，经常找不到自己要坐的那一趟车。去年冬天的雪花似乎还落在我的身上和头上。那种孤独凄凉的心情依然记忆犹新。而现在一切都变了，我搬了新家，生了孩子，而且可以在阿伦在的时候出来玩儿了！我整个人也从无限的谷底慢慢爬出来了，如果说这是一条进了就无法后退的隧道，那么我已经爬过了最艰难的那一段，尽管我真的是爬出来的，是一步一步挪出来的，有时候甚至进两步退三步，但前方的光明时隐时现，我已经可以看到了。

小陈总是一副吊儿郎当开心的样子。他管我要了一支烟，我给他现场卷了一支。在柏林，抽完国内带回来的中南海，我就去买卷烟自己卷着抽，这样便宜一点。

小陈轻松地在前面走着，我走在他后面。人少一点的时候，我们并肩走。他告诉我，今晚去的club是关门前的最后一次营业，他也是第一次来。它的名字叫R19，我点点头，对于第一次出来跳舞的人来说，够了。

我带着好奇的心情，和他一起走到R19。门口就是卖酒和饮料的地方，人不太多，“估计过了十二点人才来。”

“这么晚啊？”

“是啊，你才知道？”他笑。

我们存了包，一人买了一瓶啤酒，进入了地下，club位于地下，看起来挺大的。保安又高又壮，我们向他打了个招呼。“这里不能带酒。”他指了指我们的啤酒。我们只好原路返回，又来到院里。

喝完酒，我们才重新进去。

它里面有三个舞区，洗手间也干净整洁有手纸。第一个房间，灯光是暗红色的，正放着电子乐。第二个房间里有个DJ正在打碟，小陈听着音乐，扭了起来。我学着他的样子，也开始扭。我平时不会跳舞，完全跟不上节拍。小陈发现了，告诉我，“你看我，”他提了一下手臂，“像这样，跟着音乐，对，你就当身边一个人也没有，你无限放松，对，对！”他笑起来。我也乐了，学着他的样子，闭上眼，仿佛身边真的一个人也没有，只有我自己。

跳着跳着，我出汗了，“跳舞真好！”我大声跟小陈说。

凌晨两点我们走的时候门口正在排长队呢。

我们一起坐地铁回家。车厢里还是满满当当的，全是年轻人，耳边听到的是各种语言，这都是刚跳完舞或者打算出去跳舞的人吧。

我们谁都没注意那个胖大妈是什么时候进来的。她站在车厢里，看着小陈，用德语大声地问他，“越南人？中国人？”

我们还没来得及说话，她就走过来，大声地用德语骂着小陈。正在聊天的人们一下子安静起来，都好奇地盯着，小陈的脸一会儿红一会儿白，我听不懂她在说什么，但知道肯定不是什么好话。我坐立不安，没有一个人站出来制止她，所有人都在旁观，还有些人已经转过脸，假装什么都没有发生。有几次，我想站起来制止她，但我不敢，这个女人看起来体重至少有两百斤，我可打不过她。而且她明显就是精神有问题，如果我站起来会不会更加刺激她？我偷偷地用眼神告诉小陈，如果这站到了她不下车，咱们就下车。

这一站的时间过得真慢啊。简直无比慢。

正在我们绝望的时候，站在车厢交接处的一个学生模样的男孩走过来，用温和但坚定的口气跟那个女人说着什么。两个人说了几句，正在这时，车到站了，胖女人悻悻然地下了车。

“对不起，对不起。不是所有德国人都这样。”男孩走到我们跟前，用英语小声地说。

“谢谢你。”我回道。这是我唯一一句能说的话。更多的话我也不知道如何开口。

“我一直在想，该怎么做才是最好的反应。”小陈低着头，还没从震惊和羞辱中恢复过来，“她明显是个精神病，我不想反应过度。”

“我们该怎么办才合适呢？我刚才也吓坏了，我真想站起来。”

“我明白，我明白。下次如果碰到这样的事，我可能会跟她说，你坐过来，安静一下，嘘，别害怕……”

“天哪。”

“我想表现得大方一点，掌握主动权。”

“嗯。”

我们沉默下来。很快，车到了他该下的站。他下车之后，我还在想着这个问题。那个德国男孩，还站在车厢接口处。

圣诞节时我们去了英国阿伦他妈家过节，在离牛津十五分钟车距的一个小镇。乡村很美，尤其是有阳光的时候。不但美，而且富裕，街道上都干干净净的。

晚上，我到院里抽烟，抬头看到满天星光。已经想不起来，什么时候在北京见到这样满天星光的晚上。此时此地，出现在这里的人真的是我吗？

我只有把自己从情感里抽离出来，才觉得能过下去。推着孩子散步，在饭桌上听到笑话把嘴角咧开，该出现的时候出现，诸如此类。

或者大部分人需要的只是一具躯壳。一个能够满足社会关系的身份和角色。至于一个人真正的灵魂，对大部分人而言都是可有可无。灵魂有热情，能带来痛苦，时而不合作，那么对他们来说，要灵魂何用？

我梦见我妈跟我谈论以后找工作的问题，谈论父亲去世后家境难以为继的问题，我又梦见阿伦在梦里要害我，他撒下一张巨网，我尖叫着从床上蹦起来，跳到地上，拉开门就跑。不知道过了几秒钟，我惊魂未定地站在走廊里，视线渐渐清晰起来，我才确定我刚才是从噩梦里惊醒。我慢慢走回屋，挪回到床上，阿伦在床上一动不动，像被我吓坏了。你怎么不安慰我？片刻后我问他。他说他也有点害怕。

第二天醒来才发现，我的右腿擦破了一大块皮，流出的血已经凝固。

作为家庭聚会，我们一帮子人去饭馆吃了顿午餐。一推开门，就是个热闹的世界。孩子满地跑，大人坐着吃饭喝酒，偶尔站起来照料孩子。装潢得很古朴，壁炉里正烧着火。英国服务员的热情流露在外，和德国人是那么不同，他们同样是含蓄的，也是爱说话的。

迈克看到我，站起来：Aude，你还好吗？他叫的是我的法语名字。

我走过去和他深深拥抱：还好。你也好吗？

和所有的人打过招呼后，我坐下来。看菜单用了一段时间，最后我让阿伦帮我点了个菜，酒点了干白。菜上来了，我闷头吃，抬头正好与迈克的女儿四目相对。

她看到我的眼神，若有所思地又瞅了我一眼。

她一头长长的鬈发，体格健美，不瘦，也不算胖。个子很高，就像她父母一样结实有力。

中途我出门抽烟。几个男孩围在一起说话打闹，应该也都是屋里的食客。他们看见我，有几个人冲我笑了一下。过了一会儿她也出来了，也在抽烟。我们聊了几句，她说她在伦敦生活，过一阵儿想骑自行车环游世界。

你怎么样？她问我。

我还凑合。我说。不知为什么我和她聊起天来怡然自得，并没有什么情绪上的压力。

听说你是作家。现在在写什么吗？

在写……我沉吟了一下，在写新的长篇，我还没想好怎么写，肯定是写现实生活，写当代中国年轻人吧。我也不知道如何形容我的新作品，我还没有想好，我该写什么。我甚至不知道，我接下来写的东西是否有意义。

回到屋里，脱下羽绒服，我走向我们的大桌子。和柏林比起来这里简直像另一个世界。另一个更有钱、更稳定，也更牢不可破的世界。相对比之下，柏林是一个冰冷的小镇，四四方方，没有大海没有山，没有一望无际的绿色。夜晚来临时，简直像个B级片里的场景——灯不够亮，人也不多，影影绰绰，不知道人们都躲在哪里。我突然想起来托儿所大妈，也许整个柏林最让我喜欢的，就是这个托儿所大妈了吧。她简直是整个柏林最温暖的存在。

我申请的项目没有成功。收到那封邮件的时候我发了会儿呆。随即我就放弃了。也许我还没有准备好，也许我的确不够优秀，也许……

可惜我麻烦了这几个朋友。相比没被选上的打击，必须通知他们这个消息更让我沮丧。

“我靠，简直要把我气坏了。想到我在这里穷困潦倒，他们在纽约吃香喝辣，简直太讽刺了嘛。”我无意中从朋友圈里看到一个以前的男朋友发的照片。

别生气，你比她强多了。阿伦虽然不知道我在说谁，还是如此回应道。

“啊，可是有什么用啊。”我挥了挥手。

“今天晚上咱们吃得也不错。”

“是我自己做的！他们肯定是点菜，要不然就是他亲自下厨，做了几个中国菜……”

“要不要吃安眠药早点睡？”

“我先把这杯威士忌喝了。一会儿再吃。”

我要把这全写小说里!

我心里嚷嚷着，因为没人听我说这句话了，我冲到书房，坐下，给自己卷了根烟——中南海抽完了，我没有纸烟了。只能像典型的柏林屌丝一样，卷烟抽。从英国某一个小城市排队坐机场大巴去伦敦机场时，我闻到身后有烟味，一激灵，原来是个穿帽衫的猥琐中年男人正在抽烟，丝毫没有顾及我推着婴儿车。就算我单独一人，这种没有分寸在排队时抽烟的也不会是什么出身良好的人，他看起来就是一个社会底层，让人厌恶。果不其然，下车时我看见他站着飞快地卷了支烟，不会就是德国人吧？一下子让我想起一个经常在网上夸我照片好看的网友来，呃，真让人恶心!

从英国回来，我连续三天没有出门。我感觉腿脚都有点麻了，看看时间，九点半，我走出书房，开始穿羽绒服："我出门走走啊。"

其实没什么好走的。我怀着一种厌恶自己厌恶人生的心态看着这座城市。地上铺着的不是沥青而是石头，但当看到那座巍峨的教堂时，焦躁的情绪突然平静了下来。它在昏黄的灯光下昂首挺立着。每次我看见它都觉得很安心。奇怪，我并不是什么教徒。我出了门，右转，看着这座教堂停了下来。

我开始明白为什么那么多人信上帝了。看小说里写出国了迷茫的人慢慢从教堂里找到了安慰，开始读《圣经》，那时候我不理解，现在理解了。无助的时候是需要安慰的。就像我，看着这座教堂就莫名得到了安慰。

右拐，那里有个街心公园，说是街心公园，其实是个不太大的游乐场，主要给孩子们玩的一个大秋千，大得令人发指。木头架子架起来的秋千座，是一个废弃的大轮胎。怀孕的时候，我经常来这里，坐在这里看月亮。游乐场里面还有两个乒乓球案子以及一个打篮球和踢足球用的小广场。

我没有走进去，而是看了它一眼继续向前。然后右拐直行。这里都是住宅区，间杂着几家小画廊，路边扔着几棵圣诞树。刚过完圣诞它们就被抛弃了，太冷血了，一瞬间我甚至想起了小学政治课本里对资本主义社会的批判。

睡前我看了两个人写的小说。其中一个是严亮写的。严亮跟我说，他天天都写作，如果有一天不写就觉得浪费了一天。而我浪费了这么多天。

我还看到另一个人的新长篇，他是我的故友，并不靠写作为生，写作是他的爱好之一。他这本新书大概有一百多章。我看了几十章，好坏先不说，似乎他写起来一点也不费劲，真让我气死了。

天越来越短，快到寒假了，来上课的学生越来越少。尤其是“英国十七世纪诗歌”，加上我，有次总共才来了四个人。就算学生来得多的时候，也没什么人举手回答问题，这堂课的气氛一直很沉闷。每当这时，教授就会在讲台上左右为难，“没关系，大家踊跃回答问题，你们就是来学东西的，不需要回答出正确答案……”

有一次课下，我犹豫了一会儿，鼓足勇气对教授说有一首诗我没有看懂。要不我回家多读几遍，兴许就能懂了。他说，不需要。有些诗可以看不懂。你要尊重你的直观感受。

我一下子就高兴起来。我认为他说出了一个真理。

我也去听了最后一节“图解美国历史”的课。下课的时候，清冷的斜阳打在我身上，雪后的空气干净凛冽，我踩在薄薄的积雪上，一步一步地走向城铁站。

“再见了。”我心想，“不知道什么时候我会再回来。也许再也不会回来了。”

第六章

2010年秋天

我打算坐火车去山西的一座小城玩几天，那里有个我偶然认识的哥们儿，打鼓的，他是我另一个玩乐队的哥们儿带来的。又高又壮的，看起来很朴实。他说他住在阳泉，是个矿工，平时还跑马拉松。“有机会你来我们家吧，我带你转转，兴许你还能多点写作素材呢。”

后来他又给我打电话约过我几次，说想让我给他写个采访稿。那几天，天气正好，秋日的阳光和煦，正好照在我家外面的阳台上，我正好没什么事儿，这个邀约似乎开始有了吸引力。海涛在电话里特兴奋，说一定要带我下矿，看看他的生活，还说他们那里的面条特别好吃，让他老婆给我做。

兔子出差了，我到附近的铁路火车票代售点，买了一张从北京到大同的火车票。卖票的阿姨告诉我，北京只能到大同，到不了阳泉。到大同车站后再买阳泉的票。

已经是深秋了。我穿着一件刚从二手店里买的复古大衣，拎着旅行箱就打车去了火车站。我坐火车先到达大同，刚出火车站就看到右手边上有条尘土飞扬的小路。我拎着行李箱，走下台阶，随着人群走过去。在那里，换上了去阳泉的火车。那是辆老式绿皮火车，票价才八元。

出了火车站，还有十几公里，要坐公共汽车。

汽车在公路上肆无忌惮地行驶着，躲避着其他的车，拉着牲口的车也从我们身边慢腾腾地开过去。

海涛来公共汽车站接我。他高大又有点壮实的身材塞在一件鼓鼓囊囊的帽衫里，看见我高兴地挥了挥手。

这座小城乍看上去，跟所有华北的小城一样，土土的，到处矗立着半新不旧的楼，还有一些楼盘正在开工。跟别的城市不同的是它的风沙太大了，风一吹就能感觉到尘土扑面而来。海涛拎着我的行李，我走在他后面，我们就这样一前一后走着。阳光还不错，走起来也不觉得冷。

“累了吧？快到了，我家就在前面。”海涛回过头跟我说。

我奋力跟着他往前走。他正在爬一条上坡路，我觉得挺新鲜的，北京都是四四方方，没什么起伏。

他家就在上坡路的右手边，那里有一排矮矮的楼房，这里没什么高层建筑，可能是这个城市人口没那么密集。我最怕就是小城市盖高楼了，住在高高的楼上那是大都市的好处，可以看得很远，可以看万家灯火。对于小城市来说，最好的建筑其实是平房。

海涛家住在三楼，一个普普通通干干净净的两室一厅。阳光洒满了整个客厅，一个灰色的大沙发旁边是一张吃饭的桌子，沙发前是茶几，上面放着烟灰缸和一塑料袋橘子，茶几前是大屏幕彩电。屋里收拾得很利落，几乎没什么有个性的私人物品。这房子也太新了，像是刚搬进来不久。

他把我的行李放进一间大屋，说这是客人睡的客房，平时也用来存一些东西。一张大床，一个小阳台，一个大衣柜，一个写字台上什么都没有，简简单单，就像几乎所有普通中国市民的家庭一样。

“我先洗个澡啊。”我说。坐了一天车，感觉身上都是土。

“行，你先洗吧，饿了吧？我老婆一会儿下班，晚上让她做焖面给你吃。我都跟她说好了。”海涛跟我说。

晚上果然吃的是焖面。门开了，海涛的老婆走进来，她长头发绾了起来，穿着一件黄色的羽绒服，皮肤洁白，一看就才二十岁出头，比我们都要年轻几岁。对了，海涛和我同年，我们今年都是二十七岁。

他老婆叫王小丽，她换了一件粉红色的家居服，一下子就钻进了厨房开始和面。我吃了几瓣橘子，感觉游手好闲不好，于是也进了厨房。王小丽胳膊上戴着我很久没见过的套袖，正在忙活。

“需要我帮什么忙吗？”我问。

“不用不用，你看会儿电视吧。”

焖面的味道好极了，我一边吃一边说，“你太能干了。怎么饭做得这么好。”

王小丽揶揄我道，“穷人的孩子早当家啊。”

“呃。”我讷讷地不知道该说什么。往往这时候，我就变得笨嘴拙舌了。

“还有吗？”我说。

“好吃吧？”海涛得意地笑道。

“太好吃了。”我头也不抬。

“我还会做很多种，改天给你做猫耳朵面。”王小丽说。

“啊？猫耳朵面，没听说过。”

“这是我们这里的特色，你好不容易来一次，一定得尝尝。”海涛说。

晚饭后，我想帮着洗碗，但他们都不让。我在屋里待了一会儿，感到有点困倦。他们也早早睡了，大概才九点多钟。王小丽说她早晨七点就得去上班，这两天海涛没啥事，让他陪我转转。

我躺在硬硬的大床上，盖着暖和的被，玩了会儿手机，不知不觉就睡着了。

第二天还是海涛敲门把我叫醒了，我抓起床头柜上的手表看了一眼，已经八点多了。赶紧起床，在阳台上又晒了会儿太阳，除了堆着一些纸箱子，阳台上还晾着一双蓝灰相间的、已经穿旧了的跑步鞋。这就是海涛跑步时穿的鞋吧。

海涛说带我去景点逛逛，下午再去一所中学找他的一个朋友，晚上去他们家一起吃饭。他告诉我，那个朋友是画家，在那所中学里教美术。

我们坐车来到狮脑山，爬到山顶，看到山上耸立着一座刀锋形状的纪念碑，上书几个大字“参加百团大战的烈士们永垂不朽”。原来这里曾是“百团大战”的主战场之一。纪念碑下面的底座上刻着牺牲者的名字。天高云淡，不时有喷气式飞机飞过天空，画出一条条白线。

从山上下来，我们又去了座公园。冬天的公园没什么好看的，只是在绿地旁看到一块写着“有了道德的阳光，绿树才会常青”的牌子，让我觉得有点意思。

那所中学从外面看起来破破烂烂的，是所艺术类职高，里面黑咕隆咚的，采光不太好。楼梯看起来有些年头了，我们走过走廊，在一扇木门前，海涛敲了敲门，带我走进去。他的朋友李郁正在等我们，坐在一堆书和画板中间的椅子上，看起来老老实实的，完全没有一副画家的打扮。见我们来，他站起来，和我握了握手，海涛介绍我是位作家，来这里采风。其实我就是来玩儿。我说。

李郁是位画家。明天晚上他邀请咱们去他家看看。

我在这里教书，带这些孩子，他们以后都想考美院。

晚上，海涛说为我接风，带我和李郁一起去吃饭。在一家家常菜饭馆，点了许多菜，还有一种叫“小磨豆腐”的豆腐，还上了啤酒，叫“维尔康”。我从来没听说过，反正我也不怎么爱喝啤酒，为了高兴，我也跟他们俩一起喝起来。

吃着吃着，我想到了我的一个朋友许丽。她最大的爱好就是吃，如果她在这里，一定会感慨牛X，因为她什么都爱吃，而且乐在其中。其实确切地说她爱做饭，吃是副产品。很久很久以后，我才明白，原来一个在厨房里叱咤风云的人才是懂得生活的人，往大里说，才是懂得红尘滚滚、懂得如何经营爱的人。

李郁和他老婆住在一幢老楼里，他老婆同样也是画家，正在厨房给我们做饭。我走进去跟她打招呼，她说欢迎来阳泉，“这城市小吧？”她问我。“还行。”我客气道。

李郁带着我参观他的书房和画室，我看见电脑正开着，就问他刚才是不是在工作。他说刚才正在看一个电影，塔可夫斯基的《镜子》。我说我没看过。

这个电影你得看看！他激动起来，这是我最爱的片子！你要想看，我可以把DVD送给你。

我说不用了，等我回北京淘淘。

“你想不想下矿？”海涛问我。

“想啊。”我说。

“那咱们研究研究。”

“女的不让下矿。我们这边比较保守，看不起女人，觉得女人下矿不好，有灾。”李郁解释道。

“没事儿，我给吴楠找件衣服，女扮男装，趁人少的时候去，没人看出来。”

“女扮男装啊？正好，我头发短。”

“对啊，吴楠长得也挺男性化的。”

“呸！”

“来，来，吃饭了！”

吃饭的时候，海涛说李郁和阿青是艺术家，特别纯粹，结婚这么多年都没要孩子。

“我不想要孩子，要孩子影响我画画。”李郁一本正经地说。

“我也不想生，我们都商量好了，丁克。”阿青说。

那天海涛让我把他的棒球帽戴上，把头发压里面。“进厂的时候，你走路的时候低着点头，别看别人的眼睛。”海涛带我去找他同事，老刘。去的路上，他跟我说，最好给老刘买点礼物，要不然就买两条烟，他最爱抽“黄金叶”。我在烟店给他买了两条。海涛上去找老刘，我在老刘家住的楼下等着他们。

阳光照着周围的野草，风一吹，野草随之摇曳。一只白色的野猫从废弃的铁道边远远走来，在我身边打转。我冲它拍拍身边的空地，它转了几圈，跳了上来。

它趴在我腿上，我有点手足无措，看它挺舒服的样子，我就轻轻地开始抚摩它的毛，它开始打起了低沉的小呼噜。它在我腿上趴了一会儿，我们亲近了片刻，它就又走了。

老刘下来了，海涛把情况跟他一说，我把烟递给他。老刘眯着眼笑了，说没问题。他打开烟，给自己点了一根。你要吗？他问我。我没抽过这种。来试试！老刘热情地给我把烟点上。

“我就爱抽这烟。听说香港的一个黑社会老大也爱抽这烟。他那么有钱，可是就喜欢抽这口儿，怎么说也不换。”老刘解释道，我也不知道该说什么。

抽完烟，老刘说你们等等，转身又上了楼。过了一会儿，他下来了，抱着一件蓝棉袄。

我、老刘和海涛一起，去了他们单位。“一会儿快点把衣服换上，戴上安全帽。”海涛叮嘱我。

是个厂。不少工人进进出出，我走在他们中间，压低棒球帽，没什么人看我们。我可能是做贼心虚，有点紧张。

趁更衣室没人，老刘和海涛守在外面，让我赶紧把衣服换上。

我穿上棉裤、棉衣，换上塑料胶鞋，又把安全帽戴上，他们见了我都笑，“吴楠还挺适合穿这种衣服——好看！”老刘评价道。

过了一会儿又补充道：“你就适合穿这样的衣服，比起那些花花绿绿的，反倒好看。”

“就是看不出来是女的了，”海涛也笑，“一会儿下去脸上再抹点灰。”

趁下面人少，我跟着他们坐吊车下了矿。一下矿，就感觉呼吸有点困难，空气沉闷，胸口憋气。

“别说话，跟着我们走。”海涛又小声叮嘱道，“一会儿碰到别的工人，别盯着看，赶紧过去。”

果然没人仔细看我们，全都互相扫一眼就擦肩而过，可能是因为疲惫吧，我感觉他们走路都显得无精打采的。

戴着头灯，打着手电，眼睛慢慢适应了黑暗。矿井下面很窄，光这就让我感觉压抑了。

“我带你看看我们在井下休息的地方。”老刘在前面说。

“你看了会震惊的。”海涛补充道。

那是一个用木头搭起来的不足十平方米的小空间，里面甚至没有床，只是用木纸板铺起来的地铺，也没有被褥。灰尘遍地，脏得要命。老刘和海涛分别躺在上面，问我看起来像不像挺尸。我说是有点儿像。他们说没办法，有时候太累了，跟这里躺会儿，不躺不行。我说我也躺一下。于是我也躺了下去。

离开矿井，看到外面的灯光，我竟有种大难不死、恍若隔世之感。

那天晚上我吃了很多，洗了个澡就睡了。

“我妈有点生气了，咱们去看看他们吧。”

“怎么了？”

“没事儿，”海涛犹豫了一下，“没事儿，可能是带你来我家住，他们不高兴了。”

“……不高兴什么？”

“哎，没事儿，真的。”他不愿意多说。

在路上，我买了两袋水果和零食，跟海涛一起去了他父母家。就在马路对面的小区。进了门，没有声音，也没有开灯，就像没人在家。明明有人在家，没人出来。我们坐在客厅的沙发上，海涛和我坐了一会儿，去了一趟卧室，和他妈说了会儿话。然后他走出来，说他妈正躺在床上，不愿意下来。我不知道该说什么，这种情况从来没碰到过。我们又坐了一会儿，他说咱们走吧。

“妈，我们走了！”临走前，海涛大声地说。还是没有回答。

我陪着海涛去电脑城接王小丽，她在那里上班。回家的路上，我们一起爬坡，海涛走在前面，王小丽跟我走在后面。

“我婆婆脾气不好，你也见识到了，她对我也那样儿，净挑我。有一回我在路上见着我一个同学，说了会儿话，她跟楼上看见了，跑下来骂我不要脸。”

“其实我可想生个小宝贝了，我跟海涛结婚两年了，一直没怀上孩子……”她走过来，挽着我的胳膊。

这种亲热劲儿，真的只能在小城市才能感受到。我感觉王小丽对我最初的提防已经没有了。

“你呢，结婚了吗？”

“没有。我有男朋友，还没结婚呢。”

“我就想以后生个孩子，好好带大他。其实我单位的工资很低，海涛你也知道，他们那里钱也不多。”

“钱够花吗？”我好奇地问。

“小地方嘛，花费也少。”她答，又自豪地补充道，

“我每个月还能攒下钱呢！”

这次不知道能写出什么，我本想写个人物采访稿，但种种细节堆积在我心里，还缺点什么把它们串起来。临走前一天，王小丽特意请了假，和海涛一起，说带我逛逛。我们过了一座桥，桥对面就是开发区。

“你看这桥啊，桥这边就是老城区，特别穷，桥那边就是新区，什么都有。”海涛指给我看。

果然，一条河水隔开了两个地方，站在桥上，我望着老城区低矮破败的房子，远处是土黄色的天际线；再一扭头，是摩天高楼直刺云天。不少人从桥上走过，大部分穿羽绒服，也有些打扮得时髦的姑娘，从这点看来，和任何一个地方没有什么区别。

从阳泉回来没多久，我参加了一个在胡同里的聚会，参与者都是文化人。主人是个美国记者，他家收养了许多流浪猫。我在沙发上坐着的时候，其中一只小白猫怯怯地走过来，蹲在我身边。

“它叫什么名字？”

“它还没有名字。”

“哦。”

“你要喜欢，就把它带走吧。”

我想到了那只趴在我腿上的山西的小白猫，于是我把它带回了家。我为她取名Vanunu[①]。

① 文中提到的“Nunu”是其简称。——编者注

第七章

给李灵写的一封邮件：

我在厨房洗碗的时候想，谁愿意日复一日、年复一年地面对同样的一个人过同样的一种生活呢，而且是缺乏激情的生活。我多么渴望新的朋友和新的生活啊。同样的生活可太无聊了。所以说，婚姻如果没有强烈的爱情，这是肯定怎么也坚持不下去的啊。恰如一部刚看到的美国喜剧片里说的“我喜欢的爱情就是疯狂和一瞬间发生的”。

昨天，我和兔子在鼓楼东大街一个文身店门口吃饭。我刚洗完澡，头发还是湿的，没有化妆，穿着最普通的T恤和短裤。这时，从文身店里走出来一个男孩，管我要电话，还说要我给他介绍个女朋友。他也不知道我是谁，只是觉得我是旁边那人的女朋友。反正挺奇怪的，我就给了。至少，他表现出他的孤独，以及不想再孤独的欲望。他超越了害羞。

晚上，Facebook上维也纳的一个拉小提琴的男的，四十多岁，秃顶，上来和我聊天。他上回说要亲我，气得我教育了他半天。这回，他又疯言疯语，说秋天来北京，我们会见面。用的是很肯定的口气。过了一会儿，说他想和我生个孩子。我说您没喝多吧？我说，你是我认识的最奇怪的人之一。我的意思是，论奇怪，你没有我以前认识的那些人更奇怪。人家可是身体力行地奇怪。我讨厌这种总是说说的男的，并不像当时的那些人那样，写信过来，真的约地方见。唉，我原来也太大胆了，大胆到都没人敢把我给卖了。从另一个角度说，我相信他甚至多于对之前我爱过的男人的信任。很奇怪吧？尽管他说的是疯言疯语，我却能体会到他的真实之处。尽管我见过许多人并与之相处过或长或短的时间，但从本质上来说，我好像离这个疯子更近点。

自从离开了你家，这几天，我简直是什么都不想干，什么人都不想见，如果这里像你家那里就好了，至少下楼碰到的都是陌生人。我也怀念我们下午去小树林拍照片，那种绿色真的让眼睛好舒服。院里的楼是苏式建筑，在夜晚灯光昏黄，引人遐想。

我很想去一个没有人认识我的地方生活。完全是不想被人注目，用崔健的话说“我希望人们都看到我，却不知道我是谁”。想去一个民风淳朴的地方。就像我小时候生活的农村。可能真是永远在寻找过去。想从现在和未来中找到过去的一点点影子。你说得对，我只是要找一个与我一样能感受不同的人，与我来发现这个世界的秘密。

对了，我怀念那种，深深地被爱的感觉。似乎我和兔子之间已经没有了这种爱情。他经常跟我说他想回德国，还说想念他的文化。我有时候很理解他。我从来没在国外长住过，我没体会过那种失去自己文化的感受，或许这种可怕程度已经超过了失去一位爱人的可怕吧。

“楠楠！快来！我带回来一只小黑猫！”我听到兔子兴奋的声音。

我从卧室走出来，看到地上一团灰乎乎的东西。仔细一看，是只小黑猫。它看起来只有不到一个月。这是通过它的体重和大小来判断的。它的黑毛还没长全，裹在一层湿淋淋棕色杂毛中，只有下巴和四只小爪子是雪白的。

不会吧？前天晚上我才带回来一只同样大小的小白猫，刚养了两天，还没习惯有猫的生活，这就又来了一只。兔子告诉我，他回家的时候，发现楼下的保安正拿着水龙头喷它取乐，他赶紧上前一问，它并没有主人。兔子顿生恻隐之心，经过保安的同意后，把它抱回了家。

兔子把小黑猫带进了浴室，把它好好擦了个遍，把身上的水全都用毛巾细心地吸干，然后放在地上。小猫摇晃了几下，开始走起路来。它甩了甩身上的毛，趾高气扬地参观起屋子。

“哈！它以为它是个王子。”兔子笑了，“Caesar!我们叫它Caesar吧！”

Caesar，恺撒大帝。从此它就叫Caesar了。

Caesar太小了，看起来比Nunu还小。它是只短毛猫，从两只眼睛中间开始长了一片像正面三角形一样的白毛，延伸下来，到脖子，再到胸前止住，组成一个菱形的白色图案。它四蹄踏雪，小粉红鼻子的右下角还有个黑色斑点，像个小疙瘩，让它看起来既可爱又有点坏。它太小了，像只小老鼠，它又那么骄傲，像王子。它渴望一直趴在我的腿上，我去洗澡的时候，它都抓着我不放，直到我又让它在腿上多待了几分钟。我睡觉的时候，它总会跳上床，躺在我身边，我意识到它在，总会用胳膊搂住它。怕压到它，甚至不敢翻身。

起床后，我慢腾腾地走进厨房，开始烧水泡咖啡。外面阳光正好，正照在阳台上，我的两只猫早就醒了，现在它们正依偎着在阳台的那棵松树的大盆旁边晒太阳。它们听到厨房的动静也没什么反应，估计晒得正舒服呢。两只猫，一黑一白，看着跟八卦图一样。

刚把咖啡泡好，Caesar就跑过来，喵喵地叫，我一把把它抱起来，亲了亲它的小脸，Nunu怯生生地跟在后面。我只好弯下腰，也摸了它一下。“喵……”它打了个哈欠，一溜烟跑走了。

边喝咖啡边琢磨着，兔子出差去了，今天没什么安排，干脆去找缪缪玩一会儿吧。她就住在隔壁的青旅。我给她发了个短信，她说来吧，反正她也正无聊。

从我家到她住的青旅，步行只要十分钟。我们都住在市中心最繁华的地带，这一片儿有足够的餐馆、咖啡馆，还有两家我们最喜欢的摇滚演出场所。缪缪比我更像一个摇滚乐爱好者，她身上有文身，我没有。她对当下的摇滚乐队如数家珍，有一些我根本没有兴趣。

无论什么时候，走在这条胡同里总是令人愉快的。这条胡同不大不小，从头走到尾也只需要十分钟。哪怕你慢慢地走，抬头看看蓝天，再欣赏一下路边的树，也只需要很短的一段时间。

今天天气很好，风中不时传来鸽哨声。我一边走，一边饶有兴味地东看看、西看看。北京的秋天最是美好，尤其是刚刚入秋的这几天，天气又好温度也刚好适宜，胡同里的行人都和我一样，不紧不慢地走着，似乎都很享受现在的天气。可惜路边停了一排车，现在北京的机动车多了，没有地方停，就都停在路边了。前几年这里车也不多，人更是少，那时候附近的南锣鼓巷还不出名，没有那么多游客，路上的人多是住在附近的老住户和中戏的学生。

前几年真是幸福的时光。也许是因为那时候我还小，总觉得时间像拉长了的糖丝，明晃晃、颤悠悠，透明又甜蜜。一转眼，时间已经过去了。好在几个朋友依然住在不远的地方，无聊的时候可以过去和她们聊聊天。

我去找她并没有什么事，只是和她聊聊天，一起打发一下时光。她是个爱热闹的人，天南地北的人没有她聊不起来的，而且她聊天没有什么具体的目的，完全是为了聊而聊，她住在这家国际青旅已经几个月了，住得很满意，她还打算继续住下去。用她的话说，这里地段好，去任何地方都方便，同屋还有各式各样的旅客，有些住几天就走，有些和她一样，住个一年半载，把这里当家。她喜欢和她们聊天，这里对于一个喜欢新鲜感又没什么钱的人来说再适合不过了。这里房费也不太贵，一个月一千块钱，又有网络，她不用自己操心水电费等杂七杂八。我是住不了这里，完全不行，我需要私人空间。

走过大堂，我冲注视着我的前台点了一下头，就上了二楼。楼道刷着蓝色的漆，这也很青旅，它们的用色常常是五颜六色的，是想体现一种青春和活力吧。还没到二楼，就听到二楼的活动区里放着音乐，还有聊天的声音。我找到她所说的房间号，209，门虚掩着，我推开门，一个坐在桌子前的女孩应声回头，但不是她。房间不大不小，地刚刚拖过，我不知道哪张床是她的，只好站着。

“你找谁？”那个女孩问我，有点警惕。

“缪缪，就是一个个子不太高脸胖胖的姑娘。”我漫不经心地回答她，心想缪缪真不靠谱，约好了，现在又能去哪儿了？

“哎，她啊，她不在，可能去厕所了。”听了我的回答，她的态度一下子柔和起来。

“亲爱的，你来了？”话音刚落，缪缪就走了进来。

我们每次见面都很开心，叽叽喳喳聊个不停。缪缪是少有的比我还能说的人，她的问题在于絮叨，说话没有重点，能把一个事翻来覆去说个没完。这种时候我就沉默，或者忍不住打断她。我都忘了我们什么时候认识的了，大概是在2000年，互联网刚开始发展的那几年。那时候我刚开始写诗，还是个初出茅庐的文学青年。她小小年纪就从家里出来了，那时候她在一个大学读完了大专，喜欢北京的摇滚气氛，就留了下来。她那时候住在一个摇滚乐手聚集的郊区，我去找朋友的时候认识了她，有次我去找她玩，她殷勤地留我住宿，我在她那间破平房里住了一个晚上，她还特意把她的床留给我，自己睡在地上。那时候我们聊的什么都记不清了，我说要上厕所，她跟我抱怨村里的厕所很脏。后来，我跟朋友聊起她的时候总是感慨，这么小的一个女孩，为了理想，能够屈居于这么简陋的地方，我自己是完全做不到的。

我们成为朋友非常自然，她也有感而发写写东西，有时候写写诗。我们经常在演出场所遇到，她身上有种东北人特有的热情，人也浪漫，也许有点太不切实际了，经常做白日梦。

其实在那个时候，我们通通活在白日梦中。

“我带你到活动区玩会儿吧。最近我打算学一下调酒，到时候就可以在酒吧工作吧。”她冲我挤挤眼。

走过楼道，左手边进去就是活动区。和大多数国内的青旅一样，俗气且毫无特色。无论你来自何方，都可以在这里随意坐下，这里没有什么让人眼前一亮的装饰，可以说是千篇一律，你可以毫不费劲地融入进来。这里最大的优点就是地段好，处于二环以内，所以不愁房客。

我说一杯卡布奇诺，她说她喝黑咖啡，她走到前台，跟那个男服务员说了一下，然后快活地又走回来。咖啡上来了，味道不怎么样，可能是因为咖啡豆不太新鲜，还没我自己做得好喝呢。

“回头我给你调鸡尾酒，你不是爱喝自由古巴吗？”缪缪兴高采烈地说。她前一段时间当一个乐手的经纪人，和那个乐手在后海附近合租一套房，常跟我抱怨说那个人要求特别苛刻，经常骂她，还特别抠门。最后钱没挣到多少，她实在受不了那个人了，就跑了出来，住在了这家青旅。住了一阵儿了，确实该考虑找工作的事了。

“对呀，你喜欢长岛冰茶。”我笑着说。

缪缪跟我一样，喜欢喝什么饮料就锲而不舍一直喝下去，直到变成我们的生活习惯。搞得我们在别的地方看到这种饮料就想起对方。我们两个在这方面不喜欢变动，不像许丽，她抱怨她老公，总说他吃饭都去同一个餐馆，就连点菜都爱点同样的菜，从来不知道换。“跟你似的，永远的自由古巴。”她总是这么说我。

缪缪太喜欢她的青旅了，和我不同，她似乎并不在乎私人空间，在公共厕所和公共浴室洗澡也不是问题，对她来说，这些比起能与天南地北的旅客聊天并且成为朋友都不算什么。

自从家里有了猫，我在路上也会情不自禁地看猫。以前我从来不喜欢猫，更不觉得它们有什么可爱。现在我完全被改变了。也许就像体会过真爱，从此看所有人都不再一样。有了Caesar和Nunu，我体会到了当母亲的感觉，它们激发出了我的母性，让我开始关注这些小精灵们的世界。有时候我会躺在地上，躺在它们旁边，突然我发现原来空间这么宽广；有时候我会试着用它们的视角来观察环境，这简直是个返老还童的过程。我再也不想到处乱晃了，如果有时间，我宁可宅在家，陪我的猫。或者说，让我的猫陪我。

“你的梦想是什么？”我和缪缪躺在她住的国际青旅，两个人一边抽烟一边聊天。

“我想去澳大利亚看演出！你呢，亲爱的？你是不是想当一个牛逼的作家啊？”

“对啊，我就想全世界的书店里都有我的书，我能挣好多好多钱，咱们天天吃喝玩乐——我结账，咱们再也没人会因为钱而烦恼；我还想跟兔子结婚，哦不，这怎么能算梦想呢？”说着说着我傻乐起来，“跟他结婚不算梦想吧，生三个孩子也不算，我们的孩子肯定又聪明又可爱……”

“那当然了！”缪缪斩钉截铁地说道，“我不想结婚，我就想一辈子谈恋爱……”

“我也想一辈子谈恋爱，我就喜欢文艺青年。”

“我喜欢摇滚青年。”

“哈哈哈。”我们两个笑得前仰后合。

为了跟她度过一个“女孩之夜”，我特意订了一间单独的房间，有两张床，我们可以躺着聊天，又不会互相打扰。

我们说笑着，谁也没有睡意。

“哎，你说十年后咱们会是什么样儿啊？”她突然提到这个话题。

“不敢想，肯定更好了吧？估计也更老了。”

“我永远都不会改变的。”

“对，永不妥协。我也不会改变的。”

第二天醒来，我们又在大堂一人点了一杯咖啡。我一喝就觉得这咖啡不行。回到家，我又给自己泡了一壶咖啡，洗了个澡，这才觉得差不多了。我过不了漂泊的生活，缪缪的生活我实在是过不了，我已经习惯了喝新鲜的咖啡，有自己的床，家里有猫，并且随时可以阅读。

这种生活的成本很高，我的小时工潘阿姨就说，你们真是太浪费了。她是有一天，对着我正在扔的垃圾发出了以上的感慨。我找了一些衣服和鞋给她，她挑了其中最实用的几件拿走了。

潘阿姨每礼拜来我们家两次，有时候她忙，就叫她老公来。她老公也挺能干的，虽然没有潘阿姨那么精明。有次潘阿姨说，你们一个月花多少钱啊？哎呀呀，太多了，要不然攒起来吧。她说她闺女现在正在北京上学，为了给闺女攒上大学的学费，两个人省吃俭用，还给老家盖了新房。

我和兔子的关系越来越糟糕，我们常常吵架。吵完架我就收拾行李打车回父母家或者去外地玩两天。他经常出差，我有大把的时间可以自己挥霍。

我们坐在鼓楼东大街路边吃饭聊天，晚风习习，不凉不热，周围到处都是出来吃饭散步的人，还有些打扮得比较酷的年轻人。这个地方，永远都不会寂寞。正聊着呢，有个哥们儿端着瓶啤酒过来跟缪缪搭讪："打扰一下，我听你们说话的口音，这个妹子像是我们老乡。"

"是啊，你也是东北的？"缪缪饶有兴致地接道。

那哥们儿站着跟缪缪聊了几句，他指了指他的桌子，就在我们前边，还有个男孩正坐在那儿吃凉菜。

"哎，要不然你们搬过来一起坐吧。"我说。

"好啊好啊。"他冲那个男孩打了个招呼，两人各自搬了椅子坐了过来。他自我介绍说他是文身师，后海有家店。

"你们要是喜欢，我免费给你们文一个，当礼物送给你们。"

我还没说话呢，缪缪就说："好啊，真的吗？"

他挺热切地说："真的！骗你干吗？明天醒了以后就来找我们吧！我给你们文。不收费！"

我觉得特逗，说要想想，缪缪兴奋地说她正想文个新文身。她身上已经有了几个文身了，还想接着文。我看着他们互相留了电话，约好了明天见。我们一起聊到吃完饭，那哥们儿把单给买了。其实也不贵，最多五十块钱。

第二天下午我和缪缪就按照他们给的地址摸上门去。这么守时，都是因为缪缪迫不及待，她想再文个身，又没钱，正好这哥们儿主动说了，这种机会不能错过。“我都想好了，要文一句莎士比亚的诗！”

于是我们一道儿来到了鼓楼旁边烟袋斜街对面的一家店。平时我经常路过这里，但对这家店从来没有扫过一眼。文身店就在二楼，我们爬上窄窄的楼梯，看到一面旗上写着四个大字“容道文身”。就是这里了，我们相视一笑。我也有种期待的心情呢，想看看这哥们儿说话算不算话，是不是真的能给缪缪文个身。有几个穿得很金属的年轻人进进出出，每个人身上都有文身。缪缪叫住其中一个：“哎，你好，请问你们老板在吗？”

那男孩还没回答呢，那个昨天跟我们喝酒的男孩就笑容满面地从里面出来了，“哎，来了？你们好你们好，抽烟吗？”

“我带了。”我说。正要从包里找烟，那个男孩已经摸出了他的烟。“抽我的吧，不是什么好烟，教练烟。”

原来是一盒烤烟啊。我也不好意思客气了，就和缪缪一起一人抽出一根。

“有点渴。”我嘟囔着。

“哎，我去买水。你要喝什么？”缪缪说。

“咱们一起去吧。我不想一个人待在这里，跟这。”

我们一起下楼，刚出了门，我就说：“你真的要文身吗？咱们跟他又不熟，也不知道他技术怎么样，万一文坏了怎么办？”

“没事儿，正好试试。”缪缪冲我挤了挤眼。缪缪比我要活在当下、适时享乐，跟她比起来我整个一操心的老妈。

“只是收藏一些美好嘛。”

我也只能由她了。这俩不愧是东北人性格，说干就干，当天下午就开始文身，在他们文身的时候，我无聊地在旁边吃了碗云南米线。她真的在锁骨下方文了一句莎士比亚的诗，看起来像一条红色的项链。

我认识了一位新朋友，他叫阿伦。我发现他长了一张有点沧桑的脸，却有一双明亮的眼睛。他的中文很好，偶尔有发音不准确的地方，也不妨碍听懂。

我与阿伦相处的时间越来越多，有时候我觉得他的家就是我的宁静港湾，在外面有什么风吹雨打，来到他这里都能立刻平静下来。

他对我的体贴和周到有时候让我的朋友都忌妒，她们说我找了一个粉丝和猫保姆。而且还是一位高贵的粉丝和猫保姆。

兔子的弟弟因为意外去世的那天，我和阿伦在一起。那天晚上，我突然接到男朋友打来的电话，他问我在哪里，我说怎么了？他犹豫了一下，说明天早晨你回家吧，我弟弟死了。

他弟弟在家附近穿越森林时被一棵伐倒的树撞到了头。伤得太严重，没有救醒。是个意外。我去过他家附近，那里到处都是森林。我从来没听说过穿过森林也有可能会出事故。

兔子哭得很厉害，那些天，他经常在半夜哭醒，然后我就抱着他，安慰他。有时候他哭着哭着，就会对我说，我觉得他死了，我的心脏的另一半也不在了。他们是双胞胎。我听之无言，只能把他抱得更紧。

那之后的半年时间，他一直在考虑离开北京。他说他想念他的国家、他的文化，想念他日渐老去的父母。他希望陪在他们身边，至少住在离他们不远的地方。我没有在国外长时间生活的经历，因此也就没法设身处地了解他的感受。有时候他看着我，说你跟我一起走吧。但又会立刻摇摇头，你不行的，你受不了德国，你会跟我分手的。到时候更没办法。我无力反驳，因为我知道他说的是对的。

他在一个春天匆忙地离开了北京，他几乎卖掉了所有的东西，只拎着两个旅行箱去机场。那个晚上我去送他，在十字路口等他时，一阵风吹到我的脸上，我那个时刻真的意识到，他是真的要走了。

他租了辆车，车上装满他的东西，他打算把车开到机场。我刚上车没多久，我们就吵了起来。我说你迟到了，我等了一会儿……话音刚落，他就不满地说，你原来经常迟到，经常要我等。他对我的不满太多了，多到即使离别就在眼前，也无法平静相处。我一下子流出泪来，他还在喋喋不休地指责我。我含混地说我走了，你保重。正好是个红灯，我推开车门，跑了。

绿灯亮了，他的车开走了。我在路边停了片刻，不知道该往哪里走。要不要回家，还是回父母家？

我打电话给阿伦，他说我立刻到，你等我一下。他请我吃了一顿很贵的韩国料理。我喝了很多酒，边喝边问他，为什么全世界都知道我爱他，他却不知道？我边说边哭，眼泪流个不停。

他知道的。他知道的。阿伦安慰我。

为什么我爱他，最后却伤害了他？

阿伦没回答我。

我没有问阿伦爱不爱我，似乎从一开始，我就没问过他这个问题。仿佛从一开始，他就像个战友，站在我身边，随叫随到，没有怨言。我们也没有谈恋爱的人遇到的那些互相猜测心意的问题。好像一切就这么定了，我需要他的时候，他就在。我无助的时候，他就出来帮我解决问题。我高兴的时候，就忘了他的存在。

兔子走后，房间一下子显得空，不知道是什么时候开始，他慢慢清空了他的东西。自行车他运回了国，在美国买的睡袋，可能让他送给了朋友。我们的衣柜里属于他的那几格，现在是空的。浴室里他的那些简单的日常用品也被他带走了。

我们在一起生活的时候用过的东西，大多都被我清理掉了，尤其是床单、被罩等，通通一股脑被我在某个深夜扔到了楼下的垃圾箱，还引起两个捡垃圾的女人的争夺。

我付了接下来三个月的房租，和我的两只猫继续住在我们曾经共同生活的房子里。那房子位于鼓楼东大街南锣鼓巷的菊儿胡同，每座楼都只有三层，内室是复式结构，带洗手间淋浴等现代设施。住在这里，既能享受到胡同生活的活力，又能享受到楼房的便利。据说这里还得到“联合国人居奖”。这边住了许多老外，我们对面的邻居也几经更换，现在换成了三个意大利人，两男一女，合租我阳台对面楼上的公寓。他们最大的爱好是开party，尤其是在夏天，几乎每个周末，他们都叫来一大堆人，在三层屋顶上开party。别的邻居也不遑多让，每隔十天半个月的，都得弄上一次大聚会，欢声笑语夹杂着各国语言能一直持续到凌晨。

这里唯一的缺点，就是每间房屋都比较小，更像是日式的房间。幸好有三个阳台，稍稍弥补了屋小的缺憾。

以前我们谁也没在意过室内家居和装修，电视、洗衣机、冰箱都严重老化，在他走之后没几天，洗衣机就像是幽灵一般，彻底报废。

“兔子的弟弟去世了。”

许丽在电话里半天没说话。再开口的时候，她有点哽咽。她追问我事情是怎么发生的，我把听到的简略复述了一下。像在说别人的故事，带着默然，实际上是只能用这默然的态度保护自己。

挂了电话我又发了会儿呆。

回北京没多久，阿伦退掉了他的房子，搬了进来。一切都显得那么顺理成章，就像上一个住户走了以后下一个搬进来。新的记忆将掩埋掉旧的，只有偶尔停下来，看看四周，我才确定，兔子真的走了，现在住在这里的，是一个新的人，一个和原来的人不一样的人。

和兔子的分别让我念念不忘，这样的仓促离别，在我们的心里都留下了一道伤痕，只有随着岁月慢慢淡化，或许一辈子都会留在心里。

兔子走了，但我们还有很多共同的朋友，其中一个叫Wave，他和我同样出身于军队大院，学德语，也是因为这个原因他和兔子才认识的。我们有时候会见个面，聊聊天，他喜欢诗，但不写，只是喜欢读。

有一个晚上，我一个人喝着酒，翻看了以前的日记。

2008.12.27

主编正在台上做年度总结。看着舞台上方的《XXX财经》2008年年度总结会的红绸，突然有种激动的感觉。从第一次听说这杂志到萌发了要加入要学习的念头到今天坐在台下听年度总结，今年真奇妙。

这本杂志肯定有前途。我要紧随其后。

这也是我参加的第一次正式的年会。

“对抗宿命。”他说。如何避免掉衰弱。

“基于价值观和情感共鸣的关系。”

12.29

今天我成功地什么都没干，跟家待了一天。本来有英语课，我也没去。昨天发现了BBC的一档网上英语节目，还听了一个特棒的作家谈话节目。我现在在去父母家的路上，回去吃饭。顺便拿点衣服。最后天天old school，红加黑，自己都受不了。太压抑了。

昨晚真开心，听了Luke的演出，还买了张他的新专辑。

我觉得应该哪天去趟连卡佛，经济危机下，还有许多有钱人。那天在华茂就看到了一个穿全新Prada绿色羽毛装的中年妇女，就是麦当娜穿的那一套，一模一样。

买了The Star Spangles，却忘了最喜欢它们的哪一首单曲。

看了一部英国电视剧，《剑桥风云》，一个多么庸俗的名字。

这部剧好看得不得了。革命、共产主义、法西斯、英国、剑桥、男同性恋。

理想主义无论搁在哪里都极其动人与难得。

我追寻的东西，难道只有从电影中才能得到吗？

我渴望的激情、温婉、绅士情怀，只能从电影中得到吗？

孤单的夜晚。一个人看网上的电影。

盖世太保拿着手电筒，戴着帽子，皮鞋发出清脆的声音。惶惶不可终日的战争。至今我还会做日本鬼子侵略中国我到处躲藏的噩梦。

“金菲比，你很可笑。”他声音温柔。

“里兹·佛来曼，感谢是相互的。”

“一皮箱的书。”

没想到，这么快就世界末日了。就乱世了。今年真乱。

我在吃G给我买的香草冰激凌。

“你不是流浪者，你是密斯比夫人。我爱你。”

“你的感情一定要隐藏起来，你的过去要被埋葬。”

何去何从？经济危机下，物质是最大的保障。若无物质，有贴心的关怀也是好的。我们都无法像十七岁那样去恋爱了。那时候我们不考虑经济问题是因为我们住在家里。

无法从一个男人身上得到所有。A的舒适感、B的柔情、C的风度、D的钱包。怎么可能集中在一个人身上？这是一个对世俗爱情绝望后的人的心声。

桌子上还摆着一瓶未喝完的红酒和一瓶未开启的，尽管是长城干红。G对酒真是没什么品位，但我仍然想说谢谢。

2009.1.9

和卡西在一起总是既放松，又开心。

昨晚他睡在我的宾馆，我们聊得特开心。醒来后我呼吸到的是南方的湿冷空气。这种江南味道让我终于有了一些在上海的快感。

昨天，主编的老婆带我去了玛莎百货。我买了一双连裤袜和一瓶干白。很好喝的。走之前可以买一瓶拿回去喝。

兔子对我真的很重要。跟他打过电话后，我心情好多了。

新乐路日本小咖啡店。

在这里度过了一个愉快的、松散的下午。上海写小说的朋友来了，她们在看小短片，卡西在用我的电脑上网。我无所事事起来。

2009.1.10

新乐咖啡馆里有一个非常可爱的外国男孩，他戴着一顶俏皮的黑色帽子。看上去很年轻，也许跟我的年龄差不多。就坐在我的左边的那张桌上。我想过去与他说话，却不知道如何自如地开始。

内敛、沉默，一直在读报纸。

一个外国男孩，为什么会在上海的咖啡馆呢？

他是学生，还是已经工作了？抑或并不可能却是我最希望的一点——他和我们一样是游客。

一个可爱的纯洁的外国男孩是不可能生活在上海的。他会被这个物质、浮躁的大都市污染。

不行，我一会儿真的要跟他说话。

但是，他已经离开了。我希望还能碰到他。

在昨晚找了半天大江健三郎演讲票未果后，我给刘老师打电话，他妻子说还有一张票。

刚才，我在新星出版社拿了这张票。

我终于坐在了北大英杰交流中心里，听着大江的演讲，他一直在谈鲁迅对他的影响。

但我饿得反应很慢，如果有一天，我坐在一个地方谈起文学，我会说些什么呢?

那天交流结束后，有个女孩在外面找到我，问我，你是吴楠吗?我有点惊讶，说“是”。她说她看过我的小说，然后自我介绍说她是北大的学生，读社会学的。我说我饿了，她请我在北大外面街上的一家小饭馆吃了西红柿鸡蛋面。

2009.1.22

在车管所学法规。今天终于有暖气了，昨天暖气没有，后来腿都是冰的。今天降温了，零下十四摄氏度。但阳光很好。早上兔子把我叫起来的。他说他从来不在乎天气。只要说好几点在，他就会几点在。他的确是这样，但我很难做到。

G说要来给我送午饭。真感人。但我还不知道他能不能起来呢。但就冲他没有被这恶劣复杂的交通而吓跑我就觉得他诚意可嘉。

我常希望能和别人多待一会儿。与兔子在一起基本是家庭成员般。这有些贫乏、乏味。

兔子现在要开一家公司，他慢慢地要变成一个商人了。我怕与他会越来越没有共同语言。

如今所有的寄托都在纽约，我一定会在那里看到许多许多。

G来学校看我，带了瓶白葡萄酒。今天特别冷，西北风呼啸，零下十八摄氏度。我在车管所找到他，两个人一直到旁边的小饭馆吃饭。喝酒。聊天。我看错了时间，把十二点半看成了一点半，我送他上出租车（黑车），自己跑回去了。太冷了，手都冻僵了。我们约好五点再见，那时会暖和、舒服一点。

他玩一种德国游戏。

排位很靠前。

Al住在我家。红头发英国男孩。

兔子给我写来邮件：“LA机场旁边的太平洋，在沙滩旁，晚上到十点钟之前有篝火。我在那里停车，下去，与人攀谈。女人说她用一年帮奥巴马竞选。五个火堆，一个是年轻嬉皮，玩火。

从LA到旧金山，有一个很美的小城市。晚上八点，吸烟，去码头，像桥，下面有青蛙，凝视它们半个小时，很爽。钥匙突然坏了。

在路边睡觉，早上六点钟醒了，一百多辆汽车在轰鸣。太阳在海滩上很美，后面有一个核电站。这个小城市的人都是核电站的工人。

旧金山，去葡萄园。发现了一家青岛餐厅，拍了照片，放在Facebook上。

从丹佛向左，沙漠，到拉斯维加斯，到LA旧金山，又去犹他州，绕另一条路，开回丹佛。

丹佛，阿姨的男友在监狱待了十五年。是个真正的嬉皮。做戒指和项链。给别人。旧金山，中午，咖啡馆。黑人跑进去，拿了钱，服务员追出去，我说真傻。另一个美国人看着我说，这不算笨，这是绝望。

无论谁都不是品位不凡。

我应该有自己的房子，这样干什么都方便。

2009.1.24

父母家。

我在晚上八点多躺下睡着了，一点钟醒来，其间做了两个梦。

我梦到我的弟弟的腿被扎坏了，开始喷血，他说了几句话就晕了过去。我心急如焚，抱着他狂奔。我的第一反应是打车到朝阳医院，我向我妈要了五百块钱，我刚抱着他跑了几米，发现前面就是解放军总医院，我松了口气，太好了，医院离得很近。后面有人叫住我，说我掉了钱。我根本不想停下来浪费时间，但这钱是给弟弟看医生用的，我只好停下来，捡起钱。这是夜晚，一条影影绰绰的小道。我用手放在他流血的腿部，希望能立刻买到止血药。那时候我深刻地意识到，我是多么爱他。

到了医院的门口，我的怀里突然一轻，发现我抱着的不是弟弟了，而是一个像钥匙链那么小的塑料模型。它的腿上被钉了一个订书针。我想拔下来又怕它流血。这时订书针掉下来了，血喷了出来，我赶紧用手按住，心疼不已。冲到医院里面，许多人在排队，我也排队。着急死了，最后也没排到队，我就醒了。

第二个梦。

我坐在床边与一个站在我床上的男孩聊天。他是我的初中同学。我问他是哪个班的，他说的初二（四）班。我说那是实验班吗？他说不是。我又问他：你是和风和雨一个班的吗？他哈哈笑起来，说不是。“其实前几天我来过你家。”他轻轻地说，像说一个秘密。“哦？”我不解地回答，心想真不容易，还找到家里来。跟我妈妈又说过什么呢？

我突然想躺下。于是把床上的水杯和烟灰缸放到桌子上。他也躺了下来，我轻轻地抚摩着他的肩膀，很结实，很丰满的肌肉。他也抚摩了我，像朋友一样。我轻轻吻他的嘴。门半开着，能看到客厅微暗的光。在这之前，我们曾在外面约见过一次，那一次好像另一个朋友也在。我已经忘了聊过什么，但记得我们彼此聊得很好。

我们只是轻轻拥抱着对方，他站起来说要走了。我有些诧异，但没有说什么。心里是隐隐的遗憾和淡淡的惆怅，你要走了。你为什么要走？我以为我们可以继续联系，但显然他没有这么想。为什么没有这么想？我不知道。

梦里的他走了，我醒了。

兔子打来电话，我对他说了这个梦。当时我意识不清，还没从睡梦中恢复过来，只是反复地对他说："我很想你。""你弟弟在梦里还好吗？"

"还好。梦的最后是我发现被扎伤的不是他，是一个模型。有点蒙太奇。"

他没听懂最后一句话，我告诉他一会儿把这两个梦的过程发到他的邮箱里。

2009.8.16下午4:26

坐在三里屯的三明治店，点了一杯香蕉奶昔和一个三明治，明天去德国大使馆签证，心里有点悬，因为我的银行卡里没有什么钱了。

在今天下午，终于收到了兔子父母寄来的邀请函，应该可以多待几天，应该是一个月吧。

8.27

汉堡真的很美。早上我们去附近的公园走了走，景色特别美。

11.25雾

在798看了一个芬兰导演的电影《冰山的阴影》。

哲学的任务是反省我们不自觉的偏见。——卡尔·波普尔今天在餐厅吃饭的时候看到一本杂志，很好看，态度很好。美编和文字都不错。我从淘宝上买了几本作为圣诞礼物。

这支钢笔太好用了。兔子把它当圣诞礼物送给我了。

这根笔太好用了，我以后可以多写一点东西。我就像一个工作了大半辈子的工人突然得到一套合身、舒适的工作服，或者是一个饱经风霜的军人得到一支得心应手的先进武器一样。以前他用的可都是落后的武器。

放下日记，我叹了口气。兔子已经走了，G自从有天我跟他说“对不起，我不爱你”之后也消失了。刘老师已经因病去世了，在此之前他缠绵病榻多年。那个在北大读书的女孩去了台湾继续求学。《XXX财经周刊》倒闭了，倒闭之前，我在那里工作了三个月。

慢慢地，我跟邻居胡晴熟络起来。兔子还在时，他们倒有过交流，次数也不多。胡晴的男朋友也是个老外，偶尔能在院儿里碰见他。

胡晴常常在家，有时候我在家里写着东西，就听到楼道里有“咣当咣当”的声音，从猫眼儿一看，原来是胡晴正费力地拖着一个铁的小推车上楼呢。车上满满当当都是菜，偶尔还会有一束花。

和她熟了以后，我老拿这个打趣她，说她经常去买菜，一买就买一车，也没见她男朋友帮着买。老胡就憨厚地低下头，任我说。也是熟了之后我才跟她说，为什么当初没跟她多来往。她看起来太高冷了，本身就又高又瘦，还一脸横眉冷对，我怕这个人交往起来太麻烦，处不来。

我去她家玩，她家一进门设计得跟迪厅似的，黑粉相间，进了门才觉得别有洞天。客厅靠窗处设计了一个日式榻榻米似的小台子，坐的时候腿是可以放下去的，吃饭喝茶都可以在这里。靠墙处是书架，堆满了又厚又沉的设计类图书和杂志，厨房更有意思，让她改造成了吧台式厨房，若是喝点小酒肯定很有情调。二楼是她的工作间，布料、缝纫机、衣架，一应俱全。

跟她家的精致比起来，我家完全是另外一种面貌，特别原生态。桌椅都是房东的老家具，好几次我想扔扔不掉，也就凑合用了。自己买的衣柜和书架也都是宜家的。阳台空空荡荡，只有一棵松树，还是有一年过圣诞节兔子买回来的。

这个家的优点是阳台很多，有三个，都可以看到风景。楼上还能上到楼顶天台，能看到鼓楼一整片胡同，天气好的时候，还能看到鼓楼。

第八章

排空驭气奔如电，升天入地求之遍。

——白居易《长恨歌》

圣诞节时，我和阿伦去了越南旅游。这是一次还算愉快的旅行，但后来想起来，这趟旅行似乎是对之后我们生活的预言，这也是我们最后一次单纯的、两个人的旅行。

在河内时，我做了两个噩梦。第一个噩梦是我梦见日本人对我说我们可以不杀你，但你必须和前几个人一样，用尖刺刺瞎你的左眼。幸好卧底女医生救了我，迷倒了前来监督的日本女人；第二个噩梦是一个年轻的专业男杀手要杀我，他每周二下午有空杀人，他给我发了一条短信，只有一个字“你”。我吓得去找往日爱人，他说别怕。

春节前的一个下午，我正一个人在家里写东西，突然断电了。我走出门看了看电箱，原来是跳闸了。我把电重新打开，回到屋里。刚坐下，电又断了。

很多年，我一直记得那个下午。

那个寒冷的晚上，父亲因病去世了。

有些事情发生之前，会有预兆。那天断电可能就是一个预兆。除此之外，我想不出任何宇宙提前发出的信号。

朋友们在大早晨陪我去了殡仪馆。我的好朋友陪我守夜，是冬天。天总是阴沉沉的。我弟紧急从部队回来了，我去机场接的他。在排队打车时，他声音有点抖地问我，咱爸怎么了？

在八宝山的时候，我妈突然没头没脑说了一句，你爸以前跟我说，想以后死了把骨灰撒到中南海。

我知道他为什么这么说，那时候他在中央警卫局工作，就在文津街上的一座军营，他手下的小战士们就在北海公园前面站岗。

他对军队有太多感情，后来他转业的那年，一直闷闷不乐。

但这个愿望又怎么可能实现？！于是我什么都没说。

我弟说，我去看咱爸了，他长出了新头发，那头发跟我一模一样呢。

我们和我爸的战友一起，开着几辆车，从北京到老家，一路撒着纸钱。是不是不符合移风易俗，我也不管了。雾霾的天气从北京一直移到了山东，一路都是昏黄的天色。那些桥、那些路、夜晚的茫茫大山……熟悉的风景变得那么陌生，我像是头一次看到这个世界，原来还有另外的面貌。

我像在梦里，既真实又虚幻。

“我们带你回家。”我心里悄悄地说。

烧纸马的时候，我悄悄问我妹，“生孩子是什么感觉？”

“生够了，没疼够。”我妹想了想，笑着说道。

“还再生一个吗？”

“暂时不了吧，”她又笑，“带孩子累死了，比生孩子累多了。”

因为我是女孩，而且没结婚，所以按规矩，我不能去送。

农村的夜里特别冷，天上全是寒星。每天晚上都是稀里糊涂就睡了。

站在田埂上，头顶的天空湛蓝，阵阵的风吹过，此时祖祖辈辈生活过的村庄和田地是那么凄凉和陌生。这几年，村里的年轻人都走了，去打工或去上学，村里留下的都是中年和老年人。这个被群山环绕的小村，至今还未通自来水，更没有暖气了。这里的冬天冷，取暖都靠自己生的炉子和烧暖的炕。不管时间如何变迁，在农村和小城镇，仍然只有一种主流的生活方式，那就是早早结婚生子，过固定但也很乏味的生活。我竟然想到了鲁迅的《故乡》中的闰土：“只是觉得苦，却又形容不出。”

我为什么这么痛，为什么不能像《局外人》里的主人公一样置身事外呢？

十五岁时回老家，那个夏天暑假，我带回来几本书，同村的玩伴冬明借了这本《局外人》去看。

他还我以后，我又重新看了一遍这本书。

这次回老家前，我又看了一遍。

这次我完全没法看下去了，刚看了前几行就受不了了。

我想起自己前几年的生活，完全就像是别人的生活。以后该怎么生活？我该怎么活下去？既承担我的责任，又活得像我自己？这个问题如此沉重，我完全找不到答案。穷人折腾不起。期待着出人头地，期待光耀门楣，难道不正是现实压力的反映吗？移民到美国的人，第一代人干苦力，第二代人当律师，第三代才能出诗人。我也写诗，我也自称为诗人，却忘了，自己来自这样的一个小山村，自己的血脉从来都来自这里。而在这样的土地上，生活是艰难的，出艺术家，更是难。想到这些，更觉悲哀。

烧“五七”时，我们又回去了，这次我跟着我妈一起去了趟四姨家。

四姨住在大山里，那里交通不便，前些年的时候，我们去得比较少。我小时候，还经常去四姨家玩，躺在他们的大炕上，听我四姨父给我讲东北深山里挖人参的故事。

我四姨父很喜欢游山玩水，喜欢带着我爬山，我们两个人特别处得来。

这次去四姨家，我们开着车，雪后的路一片泥泞，两旁是高大的白杨树，砖红色的农舍矗立着，山望过去也是白色青色一片，给我一种强烈的安全感。

我跟我妈说，你前几年回老家太少了，要经常和姨们走动走动。我妈说是啊，以前没怎么来过。十多年没来你四姨家了。

回到北京，我收起了一切红色的家居装饰。包括红色的衣服和鞋，红色的地垫，红色的蜡烛，一切跟红色有关的都是禁忌。它们那么刺眼，我以前最爱红色，它是种象征生命力和感情的颜色，然而红色让我想到幸福，我现在明明没那么幸福，于是我隔绝了红色。

现在想来，那段时间我似乎一直处在某种躁郁的状态里。随之而来的是压抑和恐惧。我不再走平安大街，那里离父亲去世的医院太近了。我甚至不再走长安街，因为父亲走了二十多年的长安街。很长一段时间后，我才敢走平安大街和长安街。

事到如今，我经常会闪回到那段记忆：妈妈告诉我医生说父亲的病情已经稳定下来，我于是从医院回到家，又累又困地在床上昏睡过去。半夜突然又接到妈妈的电话。我抓起衣服和围巾疾走下楼，黑漆漆的胡同、斑驳的树影，我脚步踉跄，一下子从喉咙深处迸发出一声低吼，哭出声来。那时我有预感父亲不行了吗？我真的有预感吗？我那时候就知道，我的生命会被彻底改变。残酷地、毫无疑问地、猝不及防地。

有个晚上，太想他了，我打开网站放红歌，放军歌，放抗洪救灾歌曲，把能想到的都放了一遍，还专门放了几首父亲和我都喜欢的宋祖英的《辣妹子》、《东西南北兵》和《十送红军》。听着听着我就开始泪流满面。他的急脾气、他的孝顺、他的工作态度——每年节假日主动要求加班的肯定是他。我们老家穷，他工资不高，平时就靠自己节省。军人出身的人都这样——朴素。忠诚、英勇、朴实、献身精神，这不是说我爸呢吗？

我特别爱看的理查德的硬汉派侦探小说《厄运连锁》里面写：从呼风唤雨的军界退出来，结果是现在这样。

我爸可能从来没有呼风唤雨过。他当过指导员，当过政委。上校之后就转业了。中国大裁军那年，他转业了，那是夏天，他一直坐在客厅里，看着电视，面无表情。痛苦到了一定地步，表现出来的肯定是面无表情。

偶尔喝多了，他会抱着我妈哭。那时候我还在家里住，有时候半夜突然被他的哭声惊醒。然后我满怀心酸地睡去。满怀心酸，同时也满怀仇恨。对谁，不知道。可能是对这个社会，对一切不公的事和人。谁让他这么痛苦，我就恨谁。也许我也恨自己，这么不争气，什么忙也帮不上。我也恨他，怎么会这么痛苦。

后来他很快振作起来。这几年我们关系越来越融洽，他喜欢看我带回来的一些港台版书，政治的、历史的、人物传记，都喜欢看。还拿到单位，借给同事看。还做读书笔记，归纳工作经验。他有一回跟我说：以后有时间了，我好好给你讲讲我年轻时候的事。

再也没有时间了。

父亲单位的人来家里探望，其中有个中年男人对父亲生病去世的事表现出不屑一顾，我打断他，他出言不逊：别以为我不知道你，你不就是那个写小说的吗？

人心怎么能恶到这个程度。我冲到厕所呕吐起来。

之后要面对的是抚恤金的问题，我还找了一个新浪的网友，也是个大V咨询，跟他一起吃了顿饭，他帮我捋了一下大纲。要不然我哪知道这些程序啊。无助。这是我第一次成年后面对现实世界，感到惶恐。

接下来是愤怒的阶段，我恨那所医院的医生，我恨父亲生前单位的一些同事，我恨我自己不能救他，我恨这个世界。我想代他去死，然而也不可以。也许哪天我甚至会重新去一趟军区总医院，我会重返过去，等我的创伤后心理压力综合征好了以后，我要重返噩梦，找到那把钥匙，解开那些谜题。

只有一件事我是确定的：我要复仇。像好莱坞电影里那种，复仇。

向谁复仇？不知道。仇敌是谁？也不知道。但我知道，我要复仇。替父亲复仇。谁让他那么无助，谁让他那么痛苦，谁能救他又没救，谁就是我的仇人。去他妈的吧，人终有一死，但不能这么死。不能死得这么惨。他曾是个军人，他应该有尊严地死，而不是躺在病床上。一堆主治医生开会，无人下决定，最后这些主治医生们还笑嘻嘻地走出重症监护室。他的几个老战友也都束手无策。当过兵的人都知道，战友情是种无限忠诚、纯粹的情感。也许在所有情感类型里，这种情感最坚定。歌里都唱过了“最深莫过战友情”。

但我是没有行动力的人，我的愤怒全都体现在想象中。我甚至无法想象对任何一个人真正愤怒。

由此我开始痛恨自己。我怎么这么没有用啊？

我想起以前和Wave的对话，他说我对某些事充满不切实际的想象，而他已经失望了。他打算离开中国，去国外上学。

我们再次回到山东老家。上次回来的时候还春寒料峭，满目满眼都是灰黄色，这次已经是春末夏初。我们从高速公路一路开车，到处都能路过茂盛的田野。车开到东营附近的加油站，我们下车休息。这时天已经快要黑了，天空是宝石蓝色，月亮已经升到了天上，空气里有一股好闻的植物香。那一刻，我恍然觉得像在美国西海岸，那次我和朋友从洛杉矶开车去旧金山，途中路过一座小城市停靠休息，也仿佛是这种香味，空气里都是满满的夏天气息，欢快、躁动又令人思乡。

等到白天时，看到路边的树和田里的庄稼都长势喜人，再过一阵儿，就到了麦收季节。现在还比较轻闲，过一阵可有的忙了。

农村看起来没什么人了。不用问，我也知道大部分年轻人都出去打工了。碰到些老人，她们都直愣愣地看着我，有些还会问我妈或者姨：那是明明？从北京回来了？大姑娘了。

我央求四姨帮我打开两座老屋的大门。其中一座房子是姥姥、姥爷住的，我回来住过，那时候我还在北京上小学。另一座新一点的是后来舅舅结婚以后住的。自从舅舅搬到城镇后，姥姥、姥爷年岁渐长，也随后搬进城镇，这里就空下来了。院里杂草丛生，旧屋里更是破败，结满了蜘蛛网。让我没有想到的是，当我们推开舅舅家那扇门，一进院，居然看到了一大丛正在盛开的香气袭人的粉红色月季花，就像从天而降的礼物。整个院子都被这棵花树渲染得那么生动。它开得那么浓密，那么蓬勃，丝毫没有扭捏，没有人欣赏却在兀自盛开。我都被它的姿态打动了，一下子呆在那里，甚至忘了那些夸奖的言辞。

在舅舅家的老房子里，我居然还找到了一本上初一时写的学生日记，不知道怎么会放在这里。我翻了翻，看到上面自己歪歪扭扭稚嫩的字迹。随后，我轻轻地盖上它，把它放回了原处。

上坡，玉米长得一人多高，小道边长满了各种各样的野花。这是我小时候走熟了的路，给田里干活的姥姥姥爷送午饭、跟表妹捉蚂蚱、夏夜来打谷地里乘凉，都是这条路。

它没什么变化，仔细看还是有些变化。水库里的水位变低了，我记得小时候那里面的水很满，尤其是雨后，水漫得很高。阳光火辣辣的，晒在我们的头上、脸上。几位姨为了防晒，都围上了头巾。我妈打着伞，我戴着棒球帽。

我在一株很大的野菊花前停住，打算摘点花放到坟前：“哎呀，应该在老屋那里剪点月季。”

“可不是说嘛，”几个姨都说，“刚才怎么就没想起来。”

她们也帮着采，很快，我手里就有了一大捧野花，黄的是一种我叫不出名字的花、粉红色的是喇叭花、白色的是雏菊，高低错落，很好看。

“明明，”爬坡的时候，三姨突然开口了，她的表情有点不好意思，又有点严肃，“有空给你爸写点东西，写写他这个人。”

“嗯……”我应了一声，“我会的。”

其实，我开始对自己的文字产生了怀疑。我写的那些东西，有用吗？说是先锋文学，可为什么我连一副挽联都写不好呢？我该怎么写我爸，怎么写他的一生？他的一生付出远远比得到要多，他从不抱怨，也不求理解。有很长时间，我都忽略了他的内心世界，而现在我想要再多了解一些，已经晚了。

在还没有立碑的坟头前，我妈哭得很厉害，我不得不拉着她，怕她摔倒。

“让你妈哭吧！”小姨说，“平时也没个机会哭，多哭哭，别憋坏了。”

听闻此言，我松开了手。小姨说得对，平时没有机会发泄，就别拦着我妈了，让她好好哭一场吧。

下坡，路过一个废弃了的地桩，上面还印着已经在风吹日晒下模糊了的字迹。

“这是原来大跃进的时候盖的。”我二姨说。

“多少年了……”四姨感慨道。

我停下来，用手机拍了几张照片。

又去看了奶奶。最后一次拉奶奶的手，那手还是软的，热的，粗糙的。她躺在热炕上，旁边是药、盛着半杯水的水杯，还有些杂七杂八的东西。我坐在她身边，有些局促。墙上贴着几十年前贴上去的墙纸，蓝紫色小花，现在看起来竟然很时髦。房间正中，挂着镜子，旁边的镜框里放满老照片，她儿子的、闺女的，还有我们一家人的。上面已落上了半层灰。往左，是张已经泛黄了的，我爸爸曾经得过的三等功的奖状。

奶奶躺着，我们说着话，我从兜里拿出几百块钱，塞给她。她不要，说也没处花。姑姑这时候笑着端着半碗饭走进来，“娘，吃饭……”我赶紧从炕上下来了。刚出屋，一眼又看到客厅里的一侧是我爸的遗照，心又是一惊，赶紧过去续上三支香，然后走出门，迎着明晃晃的太阳和瓦蓝的天，抽烟。

这次我们住在我妹家。她家刚搬进楼房，半年前她给我发短信说征地，家里的地收回去了，分了几套房，在市里边。新家收拾得窗明几净的，屋里有暖气，冻不着。我外甥刚上幼儿园，平时他奶奶也经常带着他。

白天的时候，我和阿伦想去喝咖啡，我妹说这里没有什么咖啡馆，只有“上岛咖啡”。还是一个假“上岛”。

我们就去了假上岛。

以前回来的时候，我都会逛逛书店。小县城里仅有的一两家书店，其实还不错。里面甚至进过我的诗集，当然，只有一两本，也可能就是这个县城我的读者的数量了。

又和我妹去了我二姨二姨父家。在她原来住过的小屋里，我发现了自己送给她的一双红色马丁靴还从来没被她穿过，因为不是她的风格，所以她没有穿过。衣柜里还有我曾经送给过她的无数件T恤和夏天穿的裙子，都被她雪藏了，都落灰了。不但她穿不了，连我几个姨都穿不了，有些是不喜欢，有些是号不合适，还有些是穿不出去。

和她逛商场时，她跟我抱怨，这里的衣服太贵了，都是全国统一价。可不是吗，就连最普通的牌子，也不便宜。

我们开车去了蓬莱。在给父亲上过坟后。去之前，舅舅带我去了附近一座山上的寺院。这里的住持是个女的，她知道我们为何事而来，她为我们作了法事。我捐了刚刚取出来的两千块钱。这是作法事的费用，再加上一点点我的心意。那时候我整个人蒙蒙的，对于钱也没有那么在意了。反正有，用就是了。我朝佛像跪拜完，束着手站着，她看着我说：“靠山没有了，你得多受委屈了。”

下山来，就像做了一场梦。

给李灵的一封信：

其实我想偷偷地给你留二百块钱，然后写张纸条，让你买个新的咖啡壶，不过我忘了。直到回家后才想起来。

在你家的时候，我觉得学到了许多东西，包括你的审美（怎样在钱不够的情况下穿最符合自己心愿的衣服），你的阅读（怎么找到它们，怎么读它们），还有你寻找知识的坚持。咱们都是自我教育自我成长的一代，找个导师很难，所以只好自己教自己。你是这些人中做得最好的。你还很纯粹、有所坚持。

回来后只要想到你，我就有了动力。我们努力学习，成长，有很大一部分原因是希望能跟上对方的脚步，对我亦然。我为什么买那个相机呢？我想感受到你用那个相机拍照的快乐。我想体会。

反正我是走到哪里，都会设想一下，如果你在会不会喜欢。这种感觉叫“代入”吧。

自从回来后，我就觉得很累。早晨也起不了那么早，晚上也是。我说，我很想当一个普通人，或者去一个没有人认识我的地方生活。并不是觉得自己太牛X，完全是不想被人注目，想去一个民风淳朴的地方。就像我小时候生活的农村。可能真是永远在寻找过去。想从现在和未来中找到过去的一点点影子。现在在听陈升“你要我哭，我没有了名字，我的名字从此叫作孤独”。

他们都能从往事中恢复过来。我们怎么这么困难？永远无法摆脱的是寻找知己和童年时就对“幸福”的理解。一切都出乎意料，遇到的人也是，总觉得他们是火星人，总之不是一个世界的。

在鼓楼又住了半年，中介突然打来电话，说房东想收房，能不能提前搬走。我说合同签的是一年，他说我知道啊，可是房东他们公司要收房，这是公房，不能租了。我知道跟他们废话是没有意义的，就说那我们先看看房吧。

行，您尽快吧，谢谢您啦。

我扫视了一遍房间，从书桌前贴着的海报，到塞满书的书架，再到阳台上的阳光上。

我走到厨房，又为自己泡了壶咖啡。这厨房的一切设施都旧了，就连做饭用的都是煤气罐，每次换煤气还得让工人过来。但我就是喜欢这里，不住在这儿，我还能住哪儿？要不然还是回海淀吧，离我妈近点儿，以前她每次来鼓楼都得换三趟公交车，叫她打车她嫌贵，所以她来的次数并不多。

我和阿伦找了家中介，公司里年轻小哥儿陪着我们去看房。看房的时候，我发现了阿伦的性格弱点。在看房的路上，小哥儿不断地跟我们套近乎，“哥啊姐啊”地叫着，还大呼一声：“哥！您的汉语说得太地道了！比我说得都强！”

阿伦一听此话，脸立马就耷拉下来了。那个没什么眼力见儿的中介小哥还一直夸他呢，还讨好地问道：“您是哪儿的人啊？”

阿伦快步走着，似乎想摆脱这人，走了几步他发现这个想法不现实，中介还一脸崇拜地等着他回答呢。

“你看过《想象中的共同体》吗？”他语音很低，简直像在喃喃自语。

中介愣了一下。

我插了句：“你别理他，他英国人——哦不，他欧洲人，他讨厌自己是英国人。”

“国家这个概念是不存在的！”阿伦悻悻地说。

阿伦最讨厌别人问他是哪儿的人，每次他都闭口不言，一旦躲不过去就顾左右而言他。我最讨厌他这样了，你是哪儿的人这很难回答吗？尤其是问他的人大部分都是底层工作人员，服务员这种的，完全出于好奇，没什么恶意。出于替人民出头的想法，每次我都拆穿他。

“《想象中的共同体》你看了吗？咱们一认识我就送了你一本。”阿伦把头转向我。

“没看、没看、没看！没看不行吗？没看就不能问你是哪儿的人了吗？”

“你要看了就知道这个问题是没有意义的了。”

“我不觉得，难道一本书的理论就全都是正确的吗？”这次我是真认真了。

阿伦保持沉默，从他的表情上看他对我的质问并不以为然。

“哥、姐，到了。就是这间。”中介小哥停在一幢门前，我们已经上了十六层，他拿出钥匙打开门，是一个豪华的大户型，屋里全是棕色色调，装修得恶俗无比，还有一个巨大的鱼缸。两个洗手间，其中一个有一个大浴缸。站在窗口，楼下的一切都缩小了很多倍，看着有种不真实感。

“这房我肯定不要。”我悄悄地跟阿伦说。

我们几个礼拜之内又看了几套房，全都不合适，最终我们选定了一套简单的三室一厅，在一个机关大院里，与我父母家离得不远。这房子的优点是大，厅里大得可以骑自行车，缺点是家具明显老化，也没什么像样的电器。

就这么定了下来，在鼓楼又住了两个月，我、阿伦和我们共同的三只猫一起搬回了海淀。搬家的那天，车开出胡同，路过那家缪缪曾经住过的青年旅馆，现在那里已经变成了一家电器连锁店，我感慨了一下，没想到，这几年发生了这么多事，缪缪搬走了，我也搬走了。我们的青春爱情摇滚乐的时代会不会已经结束了？还是仅仅是我们的青春结束了？

新家很朴素，我连墙都没刷。刷它干什么呢？我也确实不知道该怎么装修。从小到大见到的，无非是家里的房子，没看过什么更有品位的住宅。在北京搬过三次家，每个家都差不多，都是最基本的装修。话说回来，整个院子也差不多。整条街，整座城市里这样的人的家里都差不多。都是简朴的气息，都是简单得不能再简单，纯粹得不能再纯粹。跟军队干久了，早就家里家外不分了，早就把军队作风带回了家里。由此，我也从小就不喜欢装饰。曾经我在心里也隐约反抗过这种一清二白的风格，看到别人家里的人情味和家庭气氛就羡慕。小时候看到同学在周末穿着浅紫色的连衣裙或者是别的什么浪漫风格的衣服，我就知道自己这辈子在营造这种浪漫情调方面是白痴。或者说是个幼儿。军队天生跟浪漫情调无缘。除非有人说聚在一起训练也是种浪漫。浮华更是与我无缘。所有金光闪闪的东西，都跟我的审美相冲突。我不仅是出生在一个军人家庭，还出生在一个农民家庭。农民更是与浮华无缘的。农民是种地的，是贴近大自然和土地的，是最讲究种瓜得瓜种豆得豆的。可惜我从小学的时候就到北京生活了。刚开始是真的苦，从一个农村的大家庭突然来到一个只有几个家庭成员的大城市，一切都要从头学，包括普通话。那时候家里比现在更穷，还有两个年幼的孩子。只靠一个人挣钱。

　　反正跟家里住的时候，家里也一直没装木地板或者地毯。无非都是些瓷砖。农村比这还不如呢，小姨家里现在还是泥地。不是水泥，是土。再往前几年说，二姨家没搬进镇上前，家里也是泥地。

家附近没什么咖啡馆，倒是有几个茶馆，也不是我经常去的地方。

院里大部分都是双职工，白天的时候只有老人和孩子在。

我家有时候就我一个人和三只猫在。猫大部分时间都在睡觉。可惜，人不能这样。人最大的烦恼是睡不着觉。

许丽来看我，坐在我新家刚收拾好的阳台上。她喝了一口我刚煮好的咖啡，感慨道："啊，真美好……"

"好什么呀，我们家这边连咖啡馆都没有。"

"不重要！"她摆摆手，"这里很好，安静。你可以好好写作。"

"我已经很久没写小说了。"我跟她坦白。然后我说起最近发现了一个新的新浪微博，是一位特别有名的70后女作家。

"我也看了，看完突然特想哭。"

"为什么？"我问。

"我觉得那些文字既不是真的安慰，又不是真的难过，特别复杂，你知道吗？就是那种难以言说之感。我现在想起她还是想起她曾经的作品和她以前的照片，穿着紧身吊带裙、涂着红色口红的那种照片，我完全无法接受她现在云淡风轻的样子。也不是说不好，就觉得这样不是她。”

“我也不知道。兴许吧。万一有一天，我也变成那样了呢？”我出了会儿神。

“你不会的。你永远年轻、永远热泪盈眶！你就是一个愤怒女青年，是我仰望的北斗星，我的方向。”

“抬头望见北斗星。”

“泪眼问花花不语。”

跟我嘻嘻哈哈了一会儿，她又开口了：“真的，你不许变，”她又重申道，“谁都可以变，你不能变。你是我的坐标，是我前进的方向，你能做到我做不到的事，如果你都变了，我觉得生活就没指望了。”

“别别别，”我笑着求饶，“我不变还不行吗？为了你我也不会变。”

喝完咖啡，她提议要去河边走一走。这条河的两边长满了藤蔓，秋天一到，有一半的植物叶子开始转成红色，红绿相映，煞是好看。波光粼粼，波光荡漾，有人在河对面垂钓。

那天晚上，我躺在床上，想，一个人要经历什么样的事情，才会变得那么彻底？父亲去世后，我抑郁了好长一段时间，现在都没走出来。我似乎也变了许多。许丽没有看出来吗？

为了让自己振作起来，我报了一个法语班。如果不是上这个班，我也不会亲身体验到什么是早高峰。有好几个清晨，我都在地铁站排两次队才能挤上车，有时候是排三次。坐四十分钟的地铁，再走十五分钟到学校，我已经累得半死了。一上午的课上完，累得完全不想动。整个下午就在家里做做作业，听听音乐，喝喝茶。我爱上了学校一层咖啡区卖的红茶。那是种法国茶，水晶茶包，自从我喝到它以后就抛弃了立顿红茶。

早晨去上课时，如果时间宽裕，我就在咖啡馆的吧台买一杯红茶，一个可颂，坐在沙发上吃完再上楼上课。没时间的时候，就只买一杯红茶端上去。我们班有几个经常迟到的，除了我之外，还有一个上海的女生，年龄比我们大一点，三十岁左右，穿得也比较成熟，往往是紧身短裙加高跟鞋，商务精英范儿。我们抽烟的同学常在课间一起到楼下聚着吸烟，其中就有她。还有一个经常穿白衬衫的女孩也跟我们一起。

我经常跟白衬衫女孩在路上碰到，后来才知道，我们都是从东四十条地铁站下车。我感觉她是个有想法的女孩，包括她的穿着，从来不花哨。有时候我们一起到楼下抽烟，聊天时她说北京对她来说还很陌生，她刚离开老家不久，还没别的打算，只想离开家乡后到大城市生活一段时间。她的表情里带着对大城市的警觉和一丝紧张，同时也有着对大城市的向往和兴奋。

“第一次见到你我就觉得你很酷。”她告诉我。

我笑着说怎么可能啊。

“那天我来交钱报名，看见有个女孩在树下抽烟。我心想这女孩真酷！”

“哈哈哈，是吗？”我有点丈二和尚摸不着头脑，不知道她说的“酷”到底是指哪方面的，在学校或者正式场合我都尽量融入环境，从来不会穿戴过火的服饰。

我们在课后约着去过一次三里屯。她想找一个合适的包，我想随便看看衣服。最后我们什么都没买。我看中的衣服动辄就要四五千块钱，自从不在杂志社工作以后，我就根本没钱买这么贵的衣服了。

多买了几次红茶，我和卖咖啡的服务员熟起来，有时候也会聊两句。她也抽烟，没顾客的时候，她会让另一个服务员盯一下，出门跟我们一起抽烟。有天早晨我迟到了，在她那里买了杯红茶，正打算上楼，她说，出去抽烟吗？我说，好。我们就一起走出了门。

我站在树下，她倚着墙。

“这里环境不错。”我说。

“其实这儿工资很低。”她吸了口烟，像在说一个秘密。

“那为什么在这儿啊？”

她没直接回答我的问题，却说：“这个班儿每天早晨特早就得起，要不然赶不过来，堵车。晚上回家还挺晚。”

停顿了一下，她又说：“不过这儿的氛围还行，我挺喜欢。我还有个儿子，生完他我跟家歇了一年，待得没劲了，想出来工作。”

“在没找到合适的工作前，还是先跟这儿待着吧。”我说。

“是啊。不好找。”她又说道。

图书馆借书区有个服务员，她常围一条水蓝色钩织围巾，有时候是一条浅紫色的，不变的是长发总盘在脑后，面色永远平静如水，没有多余的表情。她的举止非常女性化，缓慢而优雅，就像面对观众报幕，而非身处一间小小的图书馆阅览室。每次我看见她总觉得生活充满乐趣。有时候我特意在她这里借书，就是为了观察一下她的举止。她像在演戏，我就是观众。

我有了一个法语名，叫Aude，平时班上的同学都互称对方的法语名，没人在意对方的真名叫什么，这样也好，我们不关心对方的真实身份，也不在乎别人的真实生活。我曾带班上几个聊得来的女孩吃过午饭。学校旁边应有尽有，其中有一家意大利餐厅不错。到了才发现，中午吃饭的人比较少，与晚餐时候的火爆形成鲜明对比。宽大的餐厅空空荡荡，只有窗边散落着几桌人。我们选了餐厅后面的一个大桌，离后门比较近，可以出去抽烟，外面就是网球场。我跟她们说，这里单点比较好吃，有一道牛肚特别好吃，中午就凑合吃自助吧。

都是同学，相处时间不多，我们聊起天来也没法无所顾忌。

吃过饭，她们都走了，我去外面坐着，接着喝饮料、抽烟。北京的热浪滚滚，即使看着网球场也感觉不到一丝阴凉。

我和白衬衫女孩没过多久就恢复成普通同学，甚至还不如刚开始。原本一见如故，哪知我跟她抱怨过几句生活，她就告诉我，人不要想着什么都要。弄得我灰头土脸，无话可说。

我们的外教上课很认真，他是位个子不高、看着算是瘦弱的男孩，穿得也比较落魄，每次当我们回答不出他的问题时，他总是一脸无奈地看着我们。

有几次，放学后，我们在路边抽烟时看到他跟他打招呼，他却总是装作没有看见我们。

“真漂亮！”

我道是谁呢，原来是楼上大妈。我正打算出门，她刚从外面回家，我们擦肩而过，大妈又补了一句，“这裙子真好看！”

“谢谢阿姨。”我赶紧向她道谢。

大妈抿着嘴上了楼。

我跟大妈平时经常发生冲突，她就住我楼上。有一回我家来了两个朋友，我们边弹吉他边聊天，正高兴呢，突然听到有人敲暖气管子。我们面面相觑，我一看表，才八点半。估计是到大妈家的孙女要睡觉的点儿了。第二天碰到，她还特意跟我说，以后小点声，你们昨天也太闹腾了。平时她也经常脾气暴躁，好几次她跟我说她心脏难受，让我半夜别大声放音乐，看电视也小点儿声，“这楼不隔音。”她跟我家窗外地上放了几盆花，经常来浇花，有时候我看见她就从窗户那里打个招呼，有时候懒得理就假装不在家。我们从来没有成为朋友，对她我避之不及，只怕惹麻烦。

她还跟我说，她现在更年期，睡不着觉，心情不好。

另一个住她家楼上的刘阿姨年龄跟她相仿，就比她温柔多了。刘阿姨在院儿门口放了几个猫盆，每天都喂流浪猫。有时候我也会买袋猫粮送给她，我们俩是“猫友”。刘阿姨长得慈眉善目的，每回见面我就跟她打招呼，她叫我“小楠”。

有天我接到刘阿姨电话，说在隔壁楼的平台上发现一只小猫，它自己下不来了，叫了大半天，她听着不落忍，自己年龄大了又爬不上去，让我帮着看看。

我接完电话，赶紧穿好大衣出门，阿姨正在楼道门口等我呢。我跟着她走到隔壁院儿的楼前，静声伫立了一会儿，果然听到小猫凄凄哀哀的叫声。进了二楼才发现，这天台得从二楼的窗户爬进去。还必须得有梯子。我说我去找吧。正好一楼楼道里有个梯子，木头的，有点年久失修，一看就是很久没人用过，已经有点不稳当了，没人扶着肯定是不能用的。阿姨年纪也大了，扶不住。于是我们只好撤回到楼前，想别的办法。正好是下班的点儿，有两个年轻的男孩正好路过，我连忙喊住他们，跟他们说请他们帮个忙。他们很热心，一听是救小猫，立刻就停下来，把自行车停在楼前，跟我一起跑进二楼窗户口。正值寒冬，其中一个男孩把手套摘下来，说让我和另一个男孩扶着，他上去。我说你为什么要摘手套？他说怕扶不稳梯子。他从窗户口爬了进去，我们焦急地在下面等着。过了一会儿，他的声音传过来了“猫被我吓跑了”。正在我们担心时，刘阿姨上楼了，高兴地说猫从另一侧的楼梯跑下来了。任务顺利完成。我们谢过两个热心的男孩，放心地各回各家了。

类似的情况还有过几回，我们就像蜘蛛侠一样，救苦救难，唯一不同的是我们救的全是那些无助的流浪猫。

在这个院里住的时间久了，流浪猫也基本上认全了。楼前有一只“奶牛猫”，身上是黑白的花纹，阿姨很偏爱它，说它是只胆小的猫，老被别的猫欺负。“平时我倒猫粮，它都远远地躲到背后，等别的猫吃完了它才过来吃。谁都敢欺负它，可胆儿小了。”虽说这样，但阿姨说起它的时候还是带着疼爱的神情，也许正是因为它胆小怕生吧。我常常见到它，它每每看到我走过来就赶紧躲开。偶尔远远看见它，我也会亲昵地喊它一声“奶牛猫”！

前几天，阿姨又给我打电话了，说奶牛猫躲到地下室好几天了，平时只有吃饭的时候才出来，吃完又立马躲回地下室了。“它可能快不行了，年纪也大了。”听阿姨这么一说，我立马表态，“刘阿姨，我陪您下去找！”刘阿姨有点不好意思，说她也喂了它五六年，它也享到福了。我陪着刘阿姨来到地下室，里面尘土飞扬，啥也没有，连脚印也没有。不知道奶牛猫躲在哪里，也不知道它是死是活。每天回家的时候，我还会习惯性地找找奶牛猫，以前它总是躲在车底下或者蹲在墙脚，现在找不到它，我的心里空落落的。

也许每个大院里都有这么一位好心的阿姨，如果没有她们，我简直不敢想象流浪猫如何在大都市里生存下去。尤其是在这个人心浮躁，中国又没有小动物保护法的时代，是否做到人与小动物之间的和谐相处，其实就是判断一个社会有没有进入文明社会的标准。

我从网上多买了几袋猫粮，送了刘阿姨一袋。没有找到奶牛猫，我心里也有点愧疚。

几天后，有天我出门，突然在楼前看到蹲在某个单元门口的奶牛猫。我一下子高兴起来，奶牛猫还活着！“奶牛猫！”我叫它。“喵……”它回答了我一声。

在我父亲去世后不到一年，许丽的父亲也去世了。我和阿伦开车去天津陪她守夜，那天晚上，就剩下我们两个人时，许丽哭了。我陪她出门抽烟，我们两个默默无言，只有烟头一闪一灭。

第二天下午，我们又从天津开车回北京，我和阿伦又累又困，冬天的天空像一大块铅，外面的风景也干枯乏味，像我们的后青春期。我们的未来是什么样？我们该怎么继续生活？也许我们这次真的要长大了吧？

阿伦出差的时候，有一天我发现Nunu失踪了。它当天晚上没回来，第二天我在院里找了半天，也没有找到，急得我要命。找猫时，正好在院里碰到楼上阿姨，我跟她说Nunu丢了，阿姨一听说要帮我找，我说您平时就留意点儿，看见就敲我门吧。我给缪缪打电话，她说过来跟我一起找。

我们晚上出了好几次门，我连爬山时用的头灯都找出来了，我戴着头灯，她用手机里的“手电筒”功能，我们俩在半夜出了门，挨着楼道一户一户地叫，声音还不敢太大，怕吵到别人。我们发现了不少猫，在院子后面的一排楼的后面，还发现了一窝猫。但是Nunu连个影儿也不见。有几次我以为看见了她，仔细看才发现是认错了，是其他的猫，长得像它，但不是它。那些猫的表情各异，有些凄哀，有些凛然，它们都生活在我们院儿里，要不是找Nunu，有些猫我也没有见过。

冬天的晚上很冷，我们俩在外面待了半小时就冻得够呛。不甘心，我们又出门找了两回。一直找到凌晨两点半，这才回了家。

第二天我们都睡到中午才醒。一醒，我就意识到Nunu还是不在家，心一沉。我到厨房泡咖啡，当成我们的早餐。缪缪跟我一样喜欢喝咖啡，不同的是她只喝黑咖啡，我则喜欢加很多奶。

“亲爱的，要不要接着去找找Nunu？”缪缪边抽烟边问我。

我摸着Caesar的毛，跟她说一会儿咱们就去找，我们先是在院里寻了几圈，又到外面的马路和隔壁院都找了一遍。我说Nunu胆小，应该不会跑这么远。

傍晚的时候，我们又在院里进行了一番搜索。

“哎，亲爱的，我看见Nunu了！”缪缪兴奋地叫起来。

“在哪儿？”我激动极了。

“就在那边，一只白猫，那眼神可像Nunu了！”缪缪找给我看，“嘘，小点声，别吓着它。”

我慢慢走过去，那只白猫与我四目相对，我仔细看了看它，就知道它不是Nunu。

“这不是Nunu，Nunu比它小一点儿，而且Nunu的毛也没这么脏。”我转过头对缪缪说。

这真让我伤心，院里有这么多猫，但没有一只是它。

一无所获。我决定写“寻猫启事”了。写之前，我决定问问门口的保安，也许他们曾经发现过Nunu的踪迹。

年老的保安跟我关系不错，他说好像见到过一只白猫，他回忆说刮风的那天，这条小道上有只猫被车轧了。阿白赶紧去了离家最近的宠物医院，幸运的是，一下子就找到了Nunu。原来那天它出了车祸，被过路的两个在央视上班的兄弟救了，给送到了医院，还垫付了四千块钱的手术费。

Nunu回家了。我们把它关在笼子里，让它静养。有时候也会打开笼子让它出来走走。医生说它的骨盆变形了，以后要很小心。

第九章

夜深忽梦少年事

——白居易

我梦到XX的家居然在一片海（或者是河）的对面，一座巍峨美丽的城堡。它在阳光下闪闪发光，就像是盖茨比的家一样。不知道是他独享这座城堡还是这是一个高档小区，他只是其中一家住户。

“跟我去北方吧……”群里的诗人朋友们正在聊天。北方，多北算是北呢？我现在就在北方。他们是说更往北的地方吧，比如大东北，比如大西北。我无非是待在大北京而已。

一股焦躁的情绪涌了上来，最近天天雾霾，活在这里犹如活在梦里。每天醒来拉开窗帘，外面就和晚上拉上窗帘时一样灰暗，而且最近醒了以后我老觉得嗓子不舒服，不是那种抽烟抽多了的不舒服，是浑身不舒服。已经一个礼拜严重雾霾了，天都是土黄色，树也还没绿，整个世界像凝固了、静止了。

看来真得离开北京了，要么就搬到云南小住一段，或者像群里的朋友所说的，“去北方”。

梦 2014.2.3

我梦见许多熟人和陌生人聚集一堂等吃饭，一人一桌是课桌，菜单上是西餐，需自己选什么样的面包什么样的配料，还是很上档次的。还没开始之前，我要出去找一个在旁边试衣服的朋友（好像是女明星，四十多岁），顺便抽烟。旁边两个热情的大哥帮我占了一个就在他们身边的座位，说这座更好，方便聊天。我说这不是我的座，我的座在前面，他们说嗳，没事儿，也不用非坐昨天的座儿。

我走出去找她，没找到，就去了洗手间。里面是一排宝石蓝的沙发，桌上是蓝色雕塑，门口的地上是天蓝色的沙砾，很美。我梦里是穿红色的衣服，还戴着帽子，去了另一个洗手间，发生雷事，不表。只记得我洗手时有一女孩（我认识，朋友）用手指做手枪状劝我别在周围抽烟，因为老师最近管得很严。

接下来，我熄灭烟头，回去。是大厅，下台阶，下面都是聚会的诗人们，见到许多熟面孔，有些是另一派，平时不怎么打交道。我左拐，还见到台湾左派大哥聊得正high，没打扰他。看见韩东，我们打了个招呼，他笑得很灿烂，很多人就在大厅后面站着抽烟，也没人管。然后我回到我座位上等饭。

梦 2014.2.24

梦见我和一个没有见过面的乐评人聊音乐，在我家。

我们聊得很好，我已经忘了聊了什么，大概是音乐吧。我问他是什么星座，出现了两个我完全不认识的字。哦……我想了一会儿，可能是双鱼座吧！

下一个镜头是在热带，我和朋友（已经换了朋友）在街上，旁边都是晒成褐色皮肤穿短袖短裙的可爱的小孩儿，三三两两。后面来了游行队伍，也是初中生们，穿色泽鲜亮的绿色长袖和半身长裙，我突然意识到我在异国他乡。哦，我还是中国人吗？我略有些焦虑。转念一想，国籍即使不是，我还是中国人的脸，占便宜。遂开心起来。

醒了半天，我还沉浸在这个梦里。在梦里我们有种心灵相通的感觉。我突然特别想见见他。“梦见谁就去见谁”，记得原来网上有句话是这么讲的。我没见过这个乐评人，虽然我们有不少熟人。

“哎，昨天晚上我梦见XXX了。”我给同样写乐评的朋友郭静发了条微信。

“哦……”一行意味深长的省略号。

“你们熟吗？”我不明所以，只好单刀直入。

“还行吧，反正活动经常见着。我是没法跟那种三观不同的人当朋友的。”

完了，原来他们不是朋友啊。那我就不能跟郭静聊他了，省得给她添堵。

犹豫了一会儿，我还是决定不给乐评人发短信了。他也没微信，根本没下载。我要发一条“我梦见你了”估计会给他吓着，或者说这也有点太急切了，过于真诚。不行。

我戴着口罩去买咖啡，家里的咖啡没有了。街上行人稀少，看到没戴口罩的人我都恨不得竖起大姆指叫他们一句“壮士”。树上聚着大群乌鸦，地上都是它们拉的白色的屎。

拿着一杯咖啡，我一路走一路回忆，想起少年时期回老家，和我表妹一起在网吧里一边喝速溶咖啡一边聊天的情景。那时候多快乐呀，似乎伸出手就能摸到。

这雾霾的一礼拜啊，霾都进了梦了，看来霾都进脑子里了。

这一个多礼拜，口罩和空气净化器都卖疯了。口罩不用说，至少货源充足，但一次性的和棉布的都被证明是对霾不起作用，最好买更贵更高端的进口品牌。而空气净化器基本上想买还需要看运气。去年我没买，觉得情况还没那么糟，看来是过于乐观了。到了雾霾第四天，我已经感觉浑身不舒服，家里的猫也频频打喷嚏，给宠物医院打电话咨询，兽医说最近许多人都打电话来说自己家的宠物打喷嚏，就是空气太脏，最近别让它们出门儿了。不出门儿Caesar肯定跟我急，估计还得尿床。Caesar哪里都好，就是有个爱尿床的坏毛病。自从我们每天开阳台窗户给它们放风儿后，它再也没尿过床。

人都扛不住，何况小动物？必须买空气净化器了。据网友推荐，管用的就那几个牌子，还要定期换过滤网，一台也至少要好几千块钱。我看着我塞得满满当当的衣柜和鞋柜，欲哭无泪，要是有先见之明，把买它们的钱换成净化器多好啊。能见度那么低的天儿，你说你穿那么漂亮有什么用啊？谁看得见啊？当然现在后悔也晚了，咳，砸锅卖铁也要买净化器啊。

上网一看，“还在外地调货中”。原来有货不是指北京有，而是指国内有啊。真不靠谱。现在这种情况，一天也等不了！赶紧看看别家吧，亚马逊上还有一款同品牌但更贵的，用红字标着“全北京仅剩下五台”。我想了想，拍了下来。又上京东取消了订单。

万泉河水清又清

凌晨的北京

你们走过天安门

去上班

写不下去了，卡住了。毫无灵感，毫无感觉。妈啊，这该死的二月快点过去吧！

净化器在我拍下的第二天下午到了，我迫不及待地打开包装盒，把它插上电源。当看到那蓝色的灯亮起来时，我迅速涌起一股幸福的感觉。

3月1日，昆明下了一场血雨，震动了整个中国。第二天，沉浸在哀伤里的我都不知道公众号今天该发什么。进小组一抱怨，李度说，就发一句话“我们生来就不是为了幸存，而是为了生存”，William Stanley Merwin《蜜蜂河》里的最后一句。配图别配蜡烛，就配个黑图吧。我说好。

3月8日，马航从马来西亚飞北京的MH370飞机失联，全国震惊。本来我正在公众号上连载的李度的一篇小说被迫停载，因为这期要登的这一章叫《打飞机》。

梦2014.3.11

我梦见我买票去看电影。是家比较艺术的电影院。我坐在白色的长椅上，看到有一对情侣走过去，我意识到那个男孩特意看了我一眼。可惜当我注意到他的时候，他已经转过了头。他高大，穿着军裤，背影看起来年轻、健康而帅气。不知道为什么我就是知道他肯定长得特帅。是那种在现实里很少能看到的军官，估计只有漫画里有。他为什么留意我呢？我赶紧打量了一下自己，原来我穿了一条绿色的紧身裤（就是我现实生活里有的一条裤子），估计和他的风格差不多？再看他的伴侣，穿着一条卡其色无袖连体裤，也不错。我买的那场电影走进去居然是个包厢，烟雾缭绕，地上还有烟头儿，气氛很随意。前面一台大电视里放着片儿，旁边有椅子，有床，床上有人，可以盖着被看，但其实是夏天，我看到有人穿短裤。人很多，椅子上几乎没有空座。我从这对伴侣旁边走过去，又绕到另一侧，还是没有空地儿。最后我又绕了一圈儿，坐到了床上，跟他们说，不好意思，挤挤。开看，是个国产电影（电视剧？），然后我就后悔，没有跟那个男的说，不好意思，挤挤……

MH370失踪十七天后，马来西亚政府召开新闻发布会宣布它在深夜坠毁于与北京方向相反的南印度洋里，机组人员和乘客无一生还……原因不明。迄今也没有恐怖组织出来发言认领责任。还有比这更荒诞的事吗?

面对着每天让人沉重的新闻，我再也没法没心没肺了。

生活两个字真他妈残酷。而无常甚至都脱离了残酷的概念。

整个春天，我都忙着和郑远聊天，我们一见如故，我们都写现代口语诗，还都喜欢过摇滚乐，还是同一年出生的。除此之外我们的不同点也很多，比如我从小到大生活在北京，他从小到大生活在泸阳。泸阳，一座偏远的小城市，在偏远的西北，快偏到内蒙古了，古代的边陲地带，是我从来没有去过的地方。据说近几年很有钱，因为这里有煤矿，周边农村也经常被开发，一开发就给被开发的村民一人几百万块钱。当然这我也是听说而已。郑远说我两耳不闻窗外事，他觉得我这么不了解中国社会，简直不可思议。其实他错了，我不是两耳不闻窗外事，我是打开窗就是都市。他们沪阳的事在我听来就是天方夜谭，什么高利贷，什么投资煤矿，什么酒店抓嫖娼，通通出乎我的世界之外。

我从来没住过小城市，对郑远的家乡几乎一无所知。郑远在沪阳宾馆跟我谈心时说，他也曾经出过小说。就是80后文学最风行的那几年，一拨拨的80后作家跟雨后春笋似的破土而出，他也出了书，而且长得也帅气，性格桀骜不驯，可惜他没有生活在北京上海，而是在沪阳这么个风气保守的边城。否则他的命运也许就此改写。

后来他颓了，不只是他，甚至不完全是他自身的原因。

那晚这个话题聊得我们很伤感，无形中也增进了亲密度。他给我说的都是他心里最不愿意回想的话题，平时他的职业跟这些也毫无关系。

阿伦出差了，我一个人待在家里，有种与世隔绝感。实在是饿了，从冰箱里拿出前天买的吃剩下的两小把香椿和两个鸡蛋，走进厨房，拿出锅烧上火，又想起来，系上从淘宝淘来的荷兰某品牌原单的印着红色罂粟花的围裙，就下面条吃吧，配香椿炒鸡蛋。我真是没想到，自己从一个完全不会做饭的人成长到现在短短十分钟就能给自己整出一顿饭，看来没钱也不是完全没好处。

总是陷在没钱的焦虑里，太他妈烦了。

而且也看不出来什么时候才会有钱。这简直是个怪圈儿。不由得后悔当初入错了行。不行，必须转行，把写作当成爱好而非职业。顶着非主流著名作家的头衔，你不饿死谁饿死？

可我又能干什么呢？我越想越头疼。在转行之前，必要的投入必不可少。学艺术史，结果还是得饿死。不过艺术史可以丰富精神世界，能更敏锐地发现“美”（或者“丑”）。学室内设计装修吧，这应该不愁没工作。总有人要买房，买房的人总要装修。

晚上，我突然接到了缪缪的电话。

“亲爱的！我没地方住了，我住的那个青旅突然给封了……”

“啊，怎么回事？”

“我也不知道……说是二十四小时内必须离开，我正在收拾东西，这让我上哪儿去呀……”她说着说着，声音变成了哭声。

我在电话这头也一哆嗦。这大冬天的，让她上哪儿去呀？一瞬间，我开始感谢我此时温暖的房间，庆幸我拥有我这五分钟之前还想抛弃的生活。

缪缪已经在那里住了三年了，突然要搬走，她手足无措，悲愤不已。我是一想到她这几年的生活，同样感到手足无措，非常无力。

她在朋友圈里写了这件事，好像是资金纠纷，门口的玻璃上被油漆泼了“停业”两个字，前台还站着几个彪形大汉，同屋的妹子都说明天大家都得搬家，很快就要停水。

我犹豫了一分钟，在底下留言：照顾好自己的生活，东西该扔扔。

还有一句话我忍住了没写：你真让我们担心。

能在三十岁把自己活到居无定所流浪街头，真的挺不容易的，双鱼座也不能这样啊。她是个坚定的理想主义者，宁愿长年住在八个人一间的青年旅馆也不愿意回到大东北黑土地上的小城去住。那里没有她的同类，每天的生活都重复着同样的节奏，一眼就能望得到头儿。在北京她没有固定的工作，现在当某支新晋乐队的经纪人，收入极其有限。她不想麻烦父母，尤其是母亲前两年得了重病，家里的存款基本已经被治病所消耗了。

她暂时住到了朋友开的酒吧。我打电话给她，约她看电影，她正好无聊，乐呵呵地出来了。

她的脸虽然苍白了一点，但眼眸仍闪亮着青春的光彩。那简直是不应该有的神采啊，在自己下一个晚上都不知道该去哪儿的情况下。一下子我就放了心。这看起来比我还精神。

后来我和几个朋友凑钱，缪缪在离青旅不远的一条胡同找了个平房住。那里冬天很冷，我们还借了她一个电暖气。

一切似乎都没变，我们的生活依然在继续。只是她不像住青旅的时候那么快活了。

这家“桂林小吃”店里除我之外还有三个客人，两女一男。一个正在打电话，一个正在埋头吃。那个男的是跟在我后面进来的，我点完菜找了个座，他用浓重的乡音点完菜，在我后面找了张空桌坐下了。

经常来这家店，一是附近实在是没有什么好吃的地方，二是这里做得还不错，而且便宜。一份腊肠煲仔饭十五块，满满的菜和米饭，还送一碗汤。一般饭吃不完我都打包。单点一份酸笋五元，酸豆角三元。还有南方常见北方却不多见的龟苓膏。味道当然不能跟当地比，但也聊胜于无了。

我妈给我打了个电话，用商量的口气说今天感冒了，就不来做饭了。我说你又不是保姆，没必要每顿饭都给我做，跟家待着呗，好好休息。她说你在外头啊？我说刚才本来打算去游泳，结果发现游泳馆在装修，就顺便来桂林小吃吃点东西，放心吧，不用做饭了。

挂了电话，我意识到刚才那个打电话的女孩一直在默默观察着我。不知道从她的眼光里能看出我是做什么的呢？她穿条紧身牛仔裤，一双土褐色的短靴，旁边放一件亮蓝色的短款羽绒服，扎一个马尾。估计是个搞业务的。我今天穿得特别简单，本来是要去游泳的。加上今天天冷，其实也裹了个严严实实。

我慢慢吃着，转瞬间客人们都走光了。坐在靠门处的店员在拿手机播放歌曲。“飞来飞去的满天的飞絮是幻想你的笑颜……冰雪不语寒夜的你那难隐藏的光彩……”

一个多小时前给郑远发的微信现在他还没有回复，不知道是睡了还是正在健身。反正他没回。我突然想起来，大概十年前，我有个在异地的男朋友，我跟他说分手，两人说好分手后还接着当朋友。最后彻底决裂了是因为我给对方发短信，对方再也不像曾经一样立刻就回复了。我抓狂，对方干脆消失了。

现在我可不会跟以前一样冲动了。当然也没有以前那么撕心裂肺的真诚了。所以也不会再那么受罪了。

可这是好还是坏呢？我还得不出一个结论。

听着阿伦在床上发出的鼾声，我又觉得活不下去了。我烦躁不安，想跟他聊聊天，他却怎么也推不醒。这比一个人待着更孤独啊。比一个人待着更孤独的就是身边还有一个人，却无法对话。

妈的，像我这种反社会人格、非主流人格，活下去可真够困难的。要么出去跑步吧？看看时间，快凌晨两点了。我又给自己的杯子倒了一杯酒，点起一根烟。

我的心情突然变好了，持续几天的自我厌恶突然消失得无影无踪。我看着镜子里自己的那张脸。左右脸颊上的红包还没有褪去。脸上有些小小的黑头和几处浅浅的疤痕。眼角下分别有两道一长一短的皱纹。黑眼圈。额头上的痘印已经快好了，现在变成了浅红色，不出意外明天看镜子的时候就应该会恢复成皮肤的正常颜色。

从浴室出来，我坐在沙发上看书。从另一面镜子里看到自己，不修边幅，素面朝天，头发随意地扎了起来，脸有着所有黄种人的特点。我冲着镜子里的自己笑了一下。

回忆在沪阳宾馆那一礼拜，真是我生命中难得的快乐时光。每天我和郑远醒了就出门找地方吃饭，散步，晚上就躺着聊天。经常聊到凌晨四五点。

一礼拜后我回到北京，接着在微信聊。

“我想搭帐篷看星星。”我每天最快乐的事就是跟他抒情。想到什么说什么。

“星星有什么好看的，我已经看腻了。我上小学的时候住校，每个周末回家都得穿过十几里沙漠，太阳那么晒，沙子又那么烫，我就边走边跳脚。我家就住在沙漠边上，看够了星星。”

“牛X，大漠浪子。”

“你就是我的唐诗宋词，你就是我的古中国。”我发给郑远。

“你就是我的信仰。”

我梦见了兔子，他高大帅气又淳朴，在梦里我还是那么记挂他。

其实我已经忘了我梦到什么了。仿佛又梦到了考试。醒来一阵焦虑。为什么总是梦见考试和孤独？那种跟不上时代的、跟不上朋友脚步的孤独。

外面天色大亮，已经是下午了。我必须改变自己的生活。现在的生活太中老年了。

上Facebook，看到兔子给我回信了。他说柏林迎来今年入夏的第一天，他沿着河边和女朋友奥尔加一起跑步。对了，她来自白俄罗斯。他说向我问好，希望夏天时候见到我，也许还可以帮我在柏林找个住处。

心一惊，跳得发慌：他终于有女朋友了。是啊，我已经结婚两年了，他有个新女友算什么？

用许丽的话说是：“你都结婚了，他当时肯定也很难受。你知道你们心灵相通的。”

“是啊。他刚找了个女朋友，我就这样如丧。”

“考妣。”她补充道。

我躺着，一连串的眼泪流下来。

“你还是原谅你自己吧……”阿伦说，“你应该允许他过他想要的生活。”

“为什么你不能接受这是过去呢？”他又说。

看着阿伦那双清澈的蓝色眼睛，我不由自主地说：“其实你也很美。”

阿伦可能明白了我的意思。我觉得我们就像一对小孩儿，都困在自己的心里。我在怀念这些青春往事，他则念念不忘曾经幸福的童年。“我们一起长大吧。”

“天气差，难受。”我给许丽发了条短信。

“正趴在阳台的垫子上起不来呢，这种天气真的没法活。”许丽说。

“哎，要不然你进二环找我，咱先喝酒再去大保健。”许丽又给我发了一条。

“好吧。反正我跟家也没事干。”

我从下午三点磨蹭到六点半，终于收拾停当去找她。站在路边，雾气蒙蒙，北京都这样了，还是多抽几根烟，以毒攻毒吧。

我们首先到离她家五十米的五金店要了瓶干白和一个果盘一个奶酪盘，吃起来喝起来。这是胡同里的一家由五金店改装的酒吧，设施简陋，一面白墙，一个环形桌几个凳子。单点一杯干白十元钱，这么便宜，非常适合我们。

“幸好有你们来，我一个人在店里很无聊。”看店的小姑娘一边给我们倒酒一边嘻嘻乐。

“我们平时也很无聊。”

“没有人不无聊。”许丽说。

“今天是周末啊，怎么没人来？”小姑娘说。

“因为今天是重度污染，像我们这种不出门不能活的人很少。”许丽说。

许丽看起来超开心，不断地跟我说着“亲老公”的事，听得我又开始活不下去了。

“我们的区别就是，我确实想走柏拉图路线，然而往往不成功。”

“唉，你就是想不开！”

“是，我是想不开。”

“你喜欢的一直都是屌丝底层非主流。”

“最近喜欢女孩了。”我说。

“我给你找！”

“别，你找也找不到。我喜欢的是法国电影里的那种雌雄莫辨美少女，要有艺术气息，要自然不做作，要有完整的人格。必须形而上，档次也必须上去，上去就下不来了。”

我一边胡诌，一边看着人来人往。在她刷微信的时候，我看着前面的树，被夏夜的风吹拂着的树叶一晃一晃的，这很像某种开悟前的状态，然而我没悟。

“一会儿喝完酒咱们去吃黑暗料理吧。”

“什么意思？”

“这旁边有家烧烤店，烤扇贝特牛逼。就在十米开外。”

没有座儿了，我们一屁股坐路边店门口的台阶上。这也就是在北京。

“二环里真的不能没有你，”许丽说，“搬回来吧。”

“二环里真的不能没有亲戚。”我说。

吃饱喝足，我们去按摩。

“琴棋书画、吃喝嫖赌、烟酒茶、大保健、洗剪吹，样样都要懂一点才行。”

“我靠，我太服你了！”

“要不然怎么活啊？”许丽边吃边开心地说，“活不下去！”

缪缪突然给我打了个电话，说她得离开北京了，已经买了票，过两天就走。在电话里她的声音听起来很焦灼，我听她说了一通原因，立刻说你跟家里等我，我一会儿去你住的地方看你。这是她住在那里四个月后我第一次去她家。她穿着小吊带和一条豹纹短裙，头发扎了起来，在胡同口接我。

“亲爱的！”她看见我高兴地喊道。

她看起来还不错，至少在我面前，依然是那个机灵又活泼的样子。我们穿过狭小的胡同，进入了一个大杂院。“这里晚上连灯都没有。”她在前面说。当我来到她暂居的那个小小的单人房时，差点倒吸一口冷气，这里也太小了。屋里一下子暗起来，她打开了灯。

“有喝的吗？”我坐在床上，这里也没其他能坐的地方。一张大床就占了百分之八十的空间，一个简陋的衣柜，挂满了衣服，下面还放着冬天时我借给她的电暖气。床的左侧墙壁上钉着几块木板，上面放着几本书和杂志还有一些小玩意儿，都是女孩儿喜欢的那种。一个小小的桌子，让电脑、杯子、烟灰缸、烟什么的占满了。我看到我送她的那个漂亮的红色杯子就放在桌子上，那是我在三里屯买的，一人一个。

“只有雀巢。我给你烧水。”她快活地答道，转身走到房间后面。原来后面是一个小小的厨房。

“那好吧。”

“这里没法做饭，太小了，只能烧点儿水。”

等她终于坐下，我问：“怎么了，为什么突然要走？”

“没法儿待了。你知道我不想走。可是没有办法，下个月我没钱交房租了，我妈也一直催我回去，你知道我妈身体一直不太好，我在这里也找不着工作，我……”缪缪一口气说起来。我打断她，问，“上礼拜你跟我说有个音乐公司在招人……”

“那不是我喜欢的，我想当艺人经纪人，我想等着那家我最喜欢的音乐公司招人……”

我不知道该说什么，叹了口气。在北京没有钱，怎么能生活呢？但我也说厌了找工作的话，我自己也不喜欢找工作。

“走，咱们出去逛逛吧，晚上一起吃饭。”

我们去逛了一下交道口东大街，路过交道口十字路口的时候，我们看到那座青旅，从外面看上去没有任何不同。“门口已经贴上封条了。”缪缪说，然后叹了口气。

晚上，她叫了郑阳，我们共同的一个朋友，原来写小说，现在在写剧本，住在通州，平时也不怎么出来。我跟郑阳也好久没见了，但由于是老朋友，不用寒暄就能立刻进入主题。我们选了她家胡同里一个热闹的饭馆，缪缪情绪有点低落，她依然滔滔不绝地说话，眼神里却不时流露出恐慌。跟她相处这么久了，我很少见到她这个样子。我们都劝她别回老家，她肯定会受不了的。她自己也说不想回，但必须回去，钱不够了，她妈妈的病也不见好转，家里就她一个孩子，她得回去尽孝。我和郑阳搞不清楚为什么她非得立刻就走，我们都说可以借她点钱让她交房租，但她依然下定了决心。“我不想离开，我真的不想走。你们不知道我们老家是什么样儿，我跟那儿一个朋友都没有。那里连咖啡馆都没有！”她又补充了一句，“你知道我喜欢喝黑咖啡。”

“可以上淘宝买。”我安慰了她一句。其实我完全无法想象一个早就适应了北京生活的女孩回到老家的情况。情况只能比我想象的更糟。现在我们眼睁睁看着她要回去，却完全没有办法解决这些问题。

现实生活像一座巨大的山，挡在我们和理想生活之间。我们三个人面面相觑，谁都没有更好的解决办法。

“我说，你早就该找个工作，挣点儿了。这样太不靠谱了。”郑阳说。

“唉，现在说这些有什么用？”我说。

“我知道，可是没有适合我的工作，我又不想干我不喜欢的事……”

第二天，我和阿伦开车来拿那个电暖气，她有个朋友去火车站送她。我不想去，怕离愁别绪。正像一个典型的离别的天气，北京正在下着雨。我跟她紧紧地拥抱了一下，还说了一句“受不了老家了就回来”。

“哎，我知道。你别担心了亲爱的。”都到这时候了，她还这么说，让我心里特别不是滋味儿。

我刚到家没多久，就收到她的微信，说是没赶上火车，还丢了一件行李。里面有她的毕业证什么的，我听了又着急又生气，简直是哭笑不得，赶紧问她怎么回事。她说走的时候路上堵车，两个人急忙下车落了一件行李。现在她的朋友去给她买明天的票了，今天晚上她先凑合住朋友家，明天再来火车站。

现在想想，也许是老天不想让她走吧，才给她安排了这么一个倒霉的事件。也许是她想到回老家之后的状态，才神情恍惚地把行李搞丢了。那件行李至今没有找回来，就这么消失了。就像她一样，在北京十几年，一下子消失在茫茫人海。

她回到东北老家的第二天就病了。这是我从朋友圈里看到的。

郑远突然来了北京，因为出差。真是神出鬼没的家伙啊。

我赶往他住的宾馆，在南城，已经被并为了西城区。这块地儿我很少来，大概十多年没来了。他住的宾馆周围对我更为陌生，我之前从未踏足于此。

阳光很好，北京居然出太阳了。郑远真是个幸运的家伙，他一来北京，北京天就晴。

我们一起吃了顿饭，我问许丽，这附近有没有什么像样的咖啡馆。很快，她发来两家，跟我说第二家比较好。我用谷歌地图一查，离得很近，走路也就十分钟。

天色渐渐暗下来，一轮圆月升起在我的眼前，就在窗外，和树并列成风景。

坐在咖啡馆里，我给郑远讲我梦到的“超级月亮”。我又和他讲了我爸的事。

“嗯，你那首写你父亲的诗写得很好。”他若有所思。

“我以后再也没有去过军区总医院。那时候我觉得我都得了创伤后心理压力综合征了，每天都不知道是怎么过的。你要让我回忆那半年，我完全想不起来。全是片段。”

他一直目不转睛地看着我直到我讲完。我又喝了几口“自由古巴”，用探寻的眼光看着他。

“你一定要走出来。”

我点点头。

“不要恨。你要知道没有人是故意的，有些事是注定的。”

“知道。”我泪眼蒙眬地点点头。

我们一直聊到咖啡馆里的客人都走光，服务员过来提醒我们咖啡馆要下班了为止。我有点轻飘飘地走下楼。

“我也许很快就要离开中国了。估计短时间内是不会回来了……以后在哪里生活也说不准。”我在微信里告诉郑远这个消息。

“去哪儿？”

“美国吧。看情况。”

其实在认识他之前我就已经决定了这几年会在美国生活，现在用这个不确定的语气完全是不想让他难过。

片刻后，我收到他的回复：“没关系，能和你当好朋友，能认识你，我已经满足了。”

我和郑远并没有继续当好朋友。在一次争吵中，我拉黑了他。

海涛告诉我，他妈突然查出了癌症，医生说没几天了。

我说你肯定特别痛苦吧？他说是啊，没想到生活一下子变化了。

我不知道该如何安慰他，只能说你多陪陪她吧，趁她还活着的时候。

夏天时，我们又回了老家。奶奶去世了。回老家之前，我表妹的妹妹，也是我的妹妹，鲁凤和她的朋友来北京玩，住在我妈那里。白天她们来我家看猫。

这几年净往老家跑了。那扇木门再也没有人拉开了。她也再不用躺在床上无力地等候有人去看她了。

她和爷爷的坟头离我爸爸的不远。又走在那条熟悉的乡间小道上，又是田埂，又是暮冬初春。

“我以后死了也想埋在这里。”我对阿伦说。

“好。”他说。

奋斗这么多年，最终还是一堆黄土。去过那么多地方，最终还要回到老家。我感觉很荒诞，同时又有种说不出来的空虚。好像奋斗是没有意义的。好像绕了一大圈还只能回归这一小块儿黄土。

其实我忘了，我“嫁出去”了，实际上是不能埋在这里的。不过我妈这么惯着我，我说以后要埋在这儿，她也“嗯”了一声，算是回答。

海涛来北京参加国际马拉松比赛，说要跟我见面，我想了想，就把他约在鼓楼东大街。自从搬家后，我常想念这个我住了好几年的地方，所以一有机会，我就把朋友约到这里。

在阳光下，我喝着咖啡，他喝着茶，絮絮说着话。不时有刻意打扮过的年轻男女走过，当然还有住在附近的老头儿老太太什么的。今天天有点灰蒙蒙的，空气质量不太好，我想起来在阳泉的那几天，天气好极了。我和他说我的男朋友回国了，现在我和另一个人在一起。他沉默了一会儿说：“我前一段时间离婚了。”

我一愣，问他为什么，他说你猜。

我说我猜不出来。

“其实我是同性恋。”

这个回答完全出乎我的意料，让我一时回不过神儿来。跟他相处了这么久，我居然毫无察觉。但海涛的面部表情看起来很严肃，让我不得不相信他说的就是事实，不是跟我开玩笑。

“我一直喜欢男的……”

“那你为什么结婚？你这不是形婚吗？”

“唉，这是我做错了。那时候我们家里给我介绍了我老婆，她觉得我挺好的，我也想试试我能不能过普通人的生活，想给自己的性取向扭转过来。”

接下来，海涛简单地跟我说了一下情况，“她一直想要孩子，我害怕生孩子，就一直躲着，晚上有时候她主动过来，我就装睡。她觉得我白天工作挺累的，也就罢了。有时候也跟我吵架，但是她可能从来没有怀疑过我这方面的情况。后来，我妈不是检查出了病吗？医生说她可能就只有半年多的时间了。她那时候也想开了，该吃吃该玩玩，有时候还劝我要好好活着，珍惜生命。这件事对我打击也很大，我忍不住了，就跟她说了，说我喜欢男的。她可能也想开了吧，就同意我离婚了。这样，我才跟我老婆提的。我妈去世前，我跟我老婆离婚了。”

“那她生气吗？”

“她挺理解我的。说终于明白了我为什么有时候那么冷淡。她哭了一场，然后就答应去离婚了。现在她又结婚了。”

我沉默了一会儿，说：“你做得对。你老婆，哦，前妻，是个好人。”

“她真的挺善良的，我也希望她幸福。听说她现在过得很好，怀孕了，很快就要生宝宝了。”

我听得很感慨，几年不见，我们的生活居然都有了这么大的变化，而且是意料之外的变化。沉默了一会儿，我举起咖啡杯："来，干杯，希望我们都幸福。"

"对，希望你也幸福！"海涛笑了，"我现在就希望能找一个男朋友，找一个我喜欢也喜欢我的人。"

缪缪已经离开了北京。她也算是被动地"逃离北上广"了。我有点担心她的生活，就给她发了个微信问她最近怎么样。她很快回了我，说很郁闷，天天待着无事可做，也没有朋友，连和家人都无法沟通，每天就像行尸走肉一样活着。"在这儿没人看书，只有谈恋爱的才去看电影，商场里的衣服都很丑。"

她说回到老家就开始了一轮轮的相亲。他们都觉得这个年龄了不结婚就是不正常。她说她有次和一个男的相亲，对方觉得她每天起来喝杯咖啡是奢侈的……你找工作了吗？我问她。

她说这里没有好工作，那些咖啡馆跟北京的完全不一样，都是些见"小三"的人去的，有些门口还明目张胆地贴着招小姐的广告。酒吧就更别提了，他们根本就不了解什么叫鸡尾酒。

她一口气发了很长一段，我看了以后叹了口气，要是再在那里住下去，她非得抑郁症不可。

“回来吧，亲爱的。回北京吧。”

那边沉默了几分钟。“我回不去，我真想回去，可我妈还没好，我想多陪陪她，万一我在北京的时候她出了事，我永远都无法原谅自己！没办法，我只能在家里待着了。有我在，我妈还有个人说说话，要不然她连说话的人都没有！她也不愿意放我走，怕我一到北京就不回去了。”

确实，在家庭的责任和自己的理想之间，有时候只能选一个。对她现在的处境，我爱莫能助。我无法想象，一个人陷入一种走也不是留也不是的状态里是种什么样的痛苦，我不愿意再想下去了，想这些事只能让我更郁闷，对解决她的困难也没有帮助。

要不然在老家这个小县城开家咖啡馆？

姐，这里没人喝咖啡。我妹跟我说。

开家饭馆都比开咖啡馆挣钱。

我想了一下，确实。我们老家没人有喝咖啡的习惯，也没空啊。就是有空，也不会想喝咖啡。

我想起李灵，想给她发个微信，半天没敢发，觉得自己就像在打扰她。又像是一直在索取。直到对方厌烦无比。

已经有好几年了，一直是这种联系不上的状态，偶尔她会突然冒出来，给她留个言，互相发几个消息后又悄无声息了。好几次我想跟她电话里好好聊聊，就像我们曾经经常做的那样，但永远接不通电话，关机或者无人接听。

交流被阻断了。原因不明。这种感觉太不爽了。

她偶尔会发微博和朋友圈，频率不固定。

五道口。郭静认识的一个台湾乐评人在某家书店有个讲座。我看过他写的关于纽约和摇滚乐的书，我买了两本，还给李灵寄过一本。那天晚上风很大，特别冷，我和阿伦找了半天，才找到了那个活动场地，是在一家毫不摇滚的书店里。人居然很多，我们站在后面，有只小花猫溜到我脚下，我轻轻地摸了摸它。

他们提的问题让我尴尬不已。都是些太基础的问题了，十五年前的五道口，看音乐演出的小孩儿里，所有人都会了解答案，那些小孩儿也不会来这里坐着听一场摇滚乐发展史的演讲。

我听着听着，有种怅然若失感，我渐渐听不到他们的提问声，满脑子都是当年五道口看演出的回忆。那些朋克少年，那时的我。再看看现在的我，再看看现在身边的这些人。不但变了，而且是倒退了。

我冲阿伦使了个眼色，我们悄悄地离开了。

坐在五道口一家地下的大学生酒吧，我点了一份烤串，又叫了一杯“自由古巴”。电视里在放着篮球赛，周围都是美式口音和穿着帽衫的各国留学生们。这里也不是最符合我审美的地方，不过比刚才那里要舒服多了。

我和阿伦打算出国生活一段时间，我们讨论了几次，刚开始打算去美国，后来又想去多伦多，有个大学想聘请阿伦当教授。我跟Wave说我们可能会搬到多伦多，Wave说这是他最近听到的最好的消息了。他说他在那里没有朋友，如果我能来，他将不再孤独。但是没多久后，那个大学改了主意，选择了另一位申请者。阿伦气得要死。最终我们决定去柏林。我也只好跟Wave说我们不去多伦多改去柏林了，他很失望。

“但柏林不是我的最终目的地，这里就是一座桥，从北京到我理想之地。咱们回头过两年再搬。”

阿伦面色犹疑了一下，没说话。

阿伦开车送去法语联盟还书。我已经不去上课了，书也迟迟未还。三环堵得水泄不通，阿伦突然问我：“你对这里有什么舍不得的吗？”他没有转过头来。“没有。”我说。然后又补充了一句，“那些舍不得的都已经变了。”

能够离开，真好。我对这里再无留恋，北京也似乎不再是以前的北京了。

这大半个月，我也开始了我的浪荡生活。不再定闹钟，醒了就出门找朋友聊天吃饭，晚上去酒吧或咖啡馆与朋友长聊，聊文学聊艺术聊人生，或者去看演出，或者去看电影……简直就是我前几年生活的复制版。知道这样的日子不太久了，才越发珍惜。北京冬夜，我们坐在“北平咖啡馆”聊北京。屋里鲜花锦簇，温暖如春，可惜音乐放得不太到位。我住在南锣的时候，还没有这家咖啡馆呢。它旁边的“小新咖啡”倒是早就在了，一直屹立不倒。这很难得，在商铺变化特别大的南锣鼓巷，这样的老店完全应该给保护起来，成为金字招牌，让我们这些曾经的老街坊看着就亲切就踏实。

我是多么爱这样的生活啊，可惜，能一直过这样的生活，真的是需要运气的。现在我的运气没有了，我必要去另一个地方冒险了。

我们收拾行李用了半个月，光集装箱就装了四十几箱。包括阿伦的所有家当和我的许多书和衣服。我也扔了许多衣服，又给老家寄了一批，还放回父母家一批。

走之前，我尽量去见了所有重要的朋友，不知道下次什么时候还能见到他们了。此次一去，我有种“风萧萧兮易水寒，壮士一去兮不复还”的悲壮感。

我们在鼓楼的一家咖啡馆里约朋友们道别。许丽当着我的面对阿伦说，你答应我一件事，无论发生什么情况，你不能和吴楠离婚。

我和刘阿姨告别，跟她说我要出国了。阿姨说真好，又说你还回来吗？我说可能这两年不回来了，以后再说吧。阿姨突然动了感情，说你走了咱们院儿的猫怎么办啊。我说不是还有您吗？您放心吧，我还会回来的，等我回来一定来找您。

清脆的高跟鞋触击柏油路的声音由远及近，还伴随着行李箱轱辘从地面滑过的声音，我忍不住回过头，只见一位身材娇小的女人从后面的大院里走出来，她完全不是市面上能看到的那种形象，极短的短发，修身的西装上衣配一条到小腿处的深红色长裙，踩着一双黑色的细高跟，我故意放慢了脚步，从她身边经过时，我才发现，她起码有四十岁了，但身材纤细如同少女，她的形象就如同她对自己的了解和定位一样精确。一辆出租车驶来，停在她旁边，司机下来帮她把行李放进后备厢，她钻进汽车，从我的视线里消失了。

第十章

“Sleepy baby， sleepy baby，sleepy baby， sleepy baby...”宝宝在我的怀里眯着眼，我哼着这首哄孩子睡觉的歌，突然想到中国的一首童谣，好像是小学的时候在音乐课上学过的，“睡吧睡吧，我亲爱的宝贝，妈妈爱你，妈妈喜欢你……”唱到这里，我一下子想到以前听过的一首朋克，那支女子乐队翻唱的就是这首歌，只不过在这一句后面开始就是歇斯底里的噪声，不再是温柔的童谣了。

宝宝睡着以后，我蹑手蹑脚地离开卧室，来到自己的书房。坐在电脑前，我打开里面的文件夹，翻找着过去的老照片，当那一张张照片出现在我眼前时，我的心突然柔软了起来。那些老照片上面的老朋友，就像突然出现在我眼前，他们在这间安静的、异国的房间里陪伴着我。

阿伦又出差挣钱去了。他不在的时候，我带着馅饼从早忙到晚，虽然也有托儿所，但三点就下学了，必须准点去接。有时候中午我还得睡一觉来补充体力。

筋疲力尽，又实在饿了，晚上吃什么？我推着婴儿车，去了汉堡店。付款时收银员说只能用现金。她见我没反应，说最近刷卡机坏了。我说你可以先帮我做上吗？我去对面的银行取。啊，是这样，好多人说预订结果没来取，所以只能您取了钱再回来点了。我在银行的ATM机上取了五十欧元，回到汉堡店。我已经没有吃汉堡的兴趣了，回去只是因为她说的那些话。

拿着打包的汉堡，我又在十字路口旁边的另一家店买了瓶红酒，这就是我的晚饭。过马路，迎着蒙蒙细雨，我看见路边有辆车里亮着灯，车上坐着个人。也许他是我的崇拜者，一路跟踪我，看到我现在的样子，他再也看不下去了，他走下车，将我拯救……我笑着过了马路，觉得自己已经疯了。

“陈静离婚了，你知道吗？”

许丽给我发来微信。

“是吗？不知道，不过隐约有感觉。”

“我不离。”

“别人离婚跟你有什么关系？”

许丽又受刺激了。每次身边朋友有分手或者离婚，都能激起她的连锁反应。

我们聊了一会儿，又说起另一个朋友，她在朋友圈里说她查出了乳腺癌，前一阵她写她离婚了，许丽就跟我念叨半天，说“我觉得他们挺好的呀”什么什么的。

“你说，她不会是因为生病才离婚的吧？”她问我。

“应该不是吧。”

“我爸查出来得了癌症。”吴宁告诉我。

他写了很多关于家乡的诗，有一些写得很不错。因为这回他的文字里终于有了真情实感，而非总是幻想着住在19世纪的巴黎或者圣彼得堡了。

“我们的生活不会再好了。”

“但也不会再坏了。”片刻后，我回他。

兔子发来邮件，说他要结婚了，在夏天，欢迎我来。

想起北京就想起很多年以前，兔子的朋友，白背心大长腿，典型的北京青年。

现在想想这些，都像是我的前半生了。

窗外哗哗地下着大雨。胡晴在微信上说，“一起听雨落下的声音”，原来北京也在下雨。这一刻，我们没有时差。

我又放了一遍《阿里郎》。听到那前奏，我的眼泪就已经夺眶而出。我惊讶地发现我又能哭了，我痛哭流涕，仿佛全世界受苦的人的痛苦都压在我身上。我抽泣着，为自己，也为有同样经历的人，我哭，深感这不是个完美的世界。

我捂着脸，眼泪顺着手指缝流了下来。窗外天依然阴沉，这里就像是被忽视的一个世界。在遥远的另一片大陆，火热，却依然发生着种种悲剧。

我在这里，我也不在这里。我不在那里，我也依然在那里。

哭完之后，我慢慢平静下来，目光移到书桌放着的那朵粉红夹白色的玫瑰花上，它静静地绽放着，无言无语。

有个晚上，在跟网友一通对骂后，精疲力竭的我瘫倒在椅子上。骂是骂不过来了，这么多网友，哪能一个个骂得过来呢？你刚骂完一句，对方紧接着又骂了你一句，没完没了，再说了，这么骂下去也显得你小气，太不大度，太不把自己身份当回事，兴许有些人在看到我的回骂后还得意扬扬呢：诗人理我啦？一想到这里，我的心情又糟了一点。社会真黑暗啊。谁都敢骂现代诗不是诗，也就会欺负我们诗人。妈的。

此事还是由一个我的旧相识引起，那哥们儿转了我一首诗，谈笑风生却毫不留情地指出其中一个相当明显的生活错误。我当时就不高兴了，这么明显的错误当然是我故意写的，这都看不出来啊，居然还问。尤其是写那首诗我已经斟酌了好几遍了，还改了两回。我觉得我委屈死了。旧相识的转发立刻有了效果，对方的粉丝比我多，很快，就有人讽刺我不懂生活常识了，接下来就有人说“这是诗吗”，当然我的诗从来都是有争议的那一种。首先就是口语诗嘛，对于全中国的读者来说口语诗就是口水诗，这都属于阅读障碍那一类了，字是都认识，句子也懂，可合起来读者就急了：这不是分行散文吗？诗意呢？也不押韵不是。更没什么让人看不懂的字。这不是谁都能写吗？棘手的是，我还真无法反驳。要反驳起来太困难了，估计得进一步讲中国当代文学史，讲一下“五四”白话运动。再说了为什么这是诗，为什么别人写不了这根本不是一个诗人应该回答的问题，兴许我回答完了又招来一大堆反对意见也说不准。想到这里，我的心情和体力都急剧下降。你说这都后半夜了，国内都凌晨了，咋还有这么多没事可干的网友呢？而且跟一个诗人过不去、跟一首诗过不去。

迷迷瞪瞪睡着了，心里还琢磨呢，这哥们儿不是为了一个歌手报仇的吧？前一阵那歌手出了本诗集跟人吵起来了，我损了对方一句，招来好几个歌手的粉丝不依不饶。这哥们儿不会跟那歌手是朋友吧？爱谁谁吧。

第二天下午，我打开微博，发现平时跟我熟悉的诗人根本没人帮我说话，但他们肯定都看到了昨晚的纷争。这意味着什么呢？只能说我人缘不好了。

“我送给你一段鲁迅的话吧。”

严亮从手机上给我传来一段话。

我不知道严亮是不是觉得我的抱怨很可笑，因为我平时很少暴露自己多愁善感的一面。或者他会觉得我对于人性了解十分有限，说白了就是活在自己的世界，平时过得太好，忽视了人性阴暗面。想到这一层，我不禁对自己未来的写作事业感到一丝担忧。毕竟小说是要揭示人性的，作为一个诗人可以做白日梦，小说家可得老练点儿。

“有争议是好事啊，这得辩证来看，有些人想有争议还得不到呢，最怕就是无人问津不是？”严亮试图安慰我。

“你说写诗有啥用呢？”我一“泄”千里。

窗外两只鸟在打架，发出怪声，我忍过一口气没理，片刻后我“噌”的一下拉开门，鸟扑棱起翅膀，飞走了。

“哈哈。我给你看看我这两天新写的小说吧。”

我的邮箱里迅速出现了严亮发来的新小说。

“好，我看完跟你说读后感。”

“行。其实这阵我也在思考写作的问题，有紧迫感啊，一下子都这么大了，我还没写出来一部过得去的东西。虽说咱不是大师吧，也得无限靠近自己心目中的大师作品。”严亮回答得很严肃。

我陪馅饼在儿童乐园玩的时候，严亮的话还回荡在耳边。虽然他没说话，是打字，我也仿佛听见了他说话的声音。

“如果有天我写出了新作品，我就把这书献给你吧。”我对严亮说。

实际上我已经很久没有写过一篇真正的小说了。

不知道从哪天开始，我重新恢复了写作。我打开一个新文档，开始一行行写起来。

我曾经渴望让人拯救，现在我明白了，这样的人不存在。

人活着必须有希望。

这是我一个同样写诗的朋友说的。她还说，这些年我们认识的很多女诗人都疯了，好像就你还正常。或许她说的正常与世人的角度正好相反。那是我们才用的角度。

我有时候上午写，有时候中午写，有时候晚上孩子睡觉了以后写。有时候阿伦带着孩子去儿童乐园的时候，我自己留在家里写。有时候我一天都写不了一个字。有时候我累得要死，稍微有点时间的时候只想喘气儿。

有时候我一连几天都写不出一个字。

但只要我想起那些我认为该写下来的东西，我就爬起来冲到电脑前，把它们写下来。

我又发现了许多小小的乐趣、小小的快乐。一朵花的颜色、黄昏时天边淡淡的霞光。那座高耸入云的教堂。无论何时我出门，走几步总会看见它。每天晚上六点钟，钟声都会敲响。我不再认为它辽远且寂寞，我会抬起头来看看墙上的表。哦对，我把我的卡西欧手表也带过来了，它还是北京时间，每天晚上六点钟都会自动响一遍，那是北京时间晚上十二点整。我也一直没去调它的时间。

有时候我会看到一些善意的眼神，当他们看到我推着婴儿车的时候，看到我穿一件漂亮的衣服的时候。我去看影展的时候，会看到一些同类。他们的举止打扮一下子就让我想到从前。但我不会再去寻找世界上另一个我了。我已经确定无疑地知道，没有世界上另一个我。我就是我。

许丽说，你最近过得不错，我好久没听到你抱怨了。

其实还有好多，你听不听？我笑着回。

不听！她说。

哈哈哈。

许丽有天晚上喝多了跟我说，她很怀念一个人。一个永远得不到的人。

我以为我需要的是肉，其实我需要的是soul。她说。

你真的喝多了。我说。

我暗忖：我的光明何来？我既不是因为朋友而变得光明，事实上我的朋友并没有增多；我也不是因为爱情变得光明；也不是因为事业，我的事业毫无变化；更不是因为金钱，我常常为钱发愁。那我到底因为什么而开始光明？总不能莫名其妙就光明了。可能是因为我又重新开始创作了。

同时陌生人也给了我力量。那些死去的作家的书，包括他们在绝望中写作的逸事，都给了我启示。力量就是力量，从陌生人身上得到的力量也是力量。力量无关距离、无关时间，只要感受到了，就是力量。

我曾对自己说，身处隧道，爬出隧道。后退已不可能，只能前进。前进才有希望。前进才有可能离开这里。我意识到，“这里”不仅仅代表“柏林”或者曾经的“北京”，也代表着我心里某个黑暗的地方。

我曾把希望寄托在未来，那时我也没别的选择……只有安慰自己未来会好起来，我才能活下去。

突然有一天，我并不知道这一天是怎么来的，当它来的时候，我才知道它来了，像一道闪电击中了我，我意识到：现在就是未来。

晚上哄孩子睡觉的时候，我闻着他身上的奶香味，拥着他热腾腾的小身体，手指触摸着他的腿和脚，一股暖意在我身上蔓延，在这个时候，我的确是幸福的。

宝宝沉沉地睡去，我也躺在床上休息。我听见他的呼吸声，Caesar不知道什么时候来到我身边，在我旁边蜷着，我轻轻地摸着它的毛，它打起了小呼噜。

“要不然我们搬到巴黎吧。”阿伦收拾厨房的时候说。

“不了。”

“你不是一直喜欢巴黎吗？”

“我想回家。我想家。”

“我发现你一直说想家。我还以为我们的这个家也是家。只有你妈在的时候，你不说想家。”沉默了一会儿，阿伦突然说道。

我一愣：“是吗？”

说白了，巴黎也是我的幻想。真要让我搬过去，我肯定也手足无措。

像年轻时候喜欢纽约一样，巴黎像一座灯塔，每当我对生活无力的时候就会想起来。它也能刺激到我，让我对此时的生活更加不满。“生活在别处”，我简直是“生活在别处”，但是是从一种非常可悲的层面而言。我想揪着自己的头发呵斥自己“活在当下”，我像个小孩子一样试图从他者和世界那里获取能量，却不知道自己能做些什么。

我去电影院看了Chet Baker的传记《生为蓝调》。进去以后，我才发现我买的是德语配音版。就这样吧。我对自己说。

一整片大海。他在海边吹小号。

我一路走回家。孤独我已经可以搞定了。

甜蜜蜜

你笑得甜蜜蜜

在哪里

在哪里见过你

你的笑容这样熟悉

在梦里……

你问我爱你有多深

我爱你有几分

我的情也真

我的爱也真

月亮代表我的心

轻轻的一个吻

已经打动我的心

深深的一段情

叫我思念到如今……

天涯呀，海角
觅呀觅知音……

中国的爱情都在这些经典爱情歌曲里，家国情怀，爱恨情仇，西北望长安……这都是只属于中国式的情吧，一听到这些歌就自动浮起所有的回忆，控制也控制不住。我一口气又唱了很多，包括我小时候看过的动画片的插曲。

在把所有的儿歌和流行歌曲唱完后，我的嘴里突然涌出曾经熟悉的旋律：

今天是你的生日
我的中国
清晨我放飞一群白鸽……

一二三四一二三四像首歌
绿色军营绿色军营教会我

唱得山摇地也动

唱得花开水欢乐

一呀么一呀么一呀么一

一杆钢枪交给我

二呀么二呀么二呀么二

二话没说为祖国

三呀么三

三山五岳任我走

四海为家

嘿，哪里有我

哪里有我

哪里就有

一、二、三、四

战士的歌！

东西南北中

我们来当兵

……

后面的歌词我忘了，只好换了首歌：

西边的太阳快要落山了
微山湖上静悄悄
弹起我心爱的土琵琶
唱起那动人的歌谣……

我们坐在表妹家的炕上，黑白电视机里在放《铁道游击队》，帅气的游击队队长唱起“西边的太阳就要落山了，微山湖上静悄悄，弹起我心爱的土琵琶，唱起那动人的歌谣……”

“妈妈给你唱首军歌吧。”我突然想起了我爸，于是就毫无愧疚地唱了出来：

我们的队伍向太阳
脚踏着祖国的大地
身负着民族的希望

我们是一支不可战胜的力量……

接着又唱：

革命军人个个要牢记

三大纪律八项注意

…………

宝宝睡着了，发出了均匀的喘息声。

图书在版编目 (CIP) 数据

乳牙 / 春树著. — 北京 : 北京十月文艺出版社,
2019. 8
ISBN 978-7-5302-1888-4

Ⅰ. ①乳… Ⅱ. ①春… Ⅲ. ①长篇小说—中国—当代
Ⅳ. ① I247. 5

中国版本图书馆 CIP 数据核字 (2018) 第 234505 号

北京市优秀长篇小说创作出版扶持项目

乳牙
RU YA
春　树　著

出　　版　北京出版集团公司
　　　　　北京十月文艺出版社
地　　址　北京北三环中路 6 号
邮　　编　100120
网　　址　www.bph.com.cn
发　　行　新经典发行有限公司
　　　　　电话（010）68423599
经　　销　新华书店
印　　刷　北京盛通印刷股份有限公司
版　　次　2019 年 8 月第 1 版
　　　　　2019 年 8 月第 1 次印刷
开　　本　880 毫米 ×1230 毫米　1/32
印　　张　11.75
字　　数　170 千字
书　　号　ISBN 978-7-5302-1888-4
定　　价　46.00 元
质量监督电话　010-58572393
如有印装质量问题，由本社负责调换。